文
景

Horizon

社 科 新 知　文 艺 新 潮

HRABAL KÖNYVE by ESTERHÁZY PÉTER

赫拉巴尔之书

[匈牙利] 艾斯特哈兹·彼得 ………… 著

余泽民 …… 译

上海人民出版社

目录

导读 / 彼得的布里洛盒子

某种程度上讲，匈牙利作家艾斯特哈兹·彼得的《赫拉巴尔之书》也就是美国艺术家安迪·沃霍尔的《布里洛盒子》(*Brillo Boxes*)。

安迪·沃霍尔（Andy Warhol）是已逝的美国艺术家，上世纪 80 年代来过中国，对现代艺术影响甚巨，艺术圈没有不熟悉他作品的，比如重复排列的玛丽莲·梦露，包括梦露的性感嘴唇，还有最著名的 100 个汤罐，192 张 1 元的美钞，可口可乐瓶……许多最普通的日常生活用品都曾进入过他的绘画，包括商业肥皂包装盒，成就了他 1964 年的作品《布里洛盒子》。布里洛是当时刚发明的一种肥皂，设计包装盒的是另外一个名叫詹姆士·哈维的设计师，但哈维和他的布里洛盒子被遗忘了，而沃霍尔的布里洛盒子则一脚踹进了艺术史。此现象引来许多探讨，跟博依斯的《油脂椅》，杜尚臭名昭著的《泉》(他仅仅是把一个小便池搬进了展览）一样。有人说这是再生之美，有人反对，说这是滥用美，也有人客观而论，人的审美情趣被艺术本身改变了——但首先是历史、生活氛围的改变，旧制度分崩离析，传统的情趣自然也遭到废黜。

文学一样也会弥漫这样的麻烦——这还是不是艺术，或文学？为什么看不懂，读不懂？没故事，少情节，只有破碎的议论，东一榔头西一棒子的说法，这些反传统、反规则的家伙，究竟要干什么？其实，谁也没有特别地要干什么，新文学运动一来，大家以为胡适干了什么，其实，他也没干什么，用白话“酬谢酒宴”和用文言“报一饭”没本质的区别，即使在他本人看来，白话文学远在“古文”死于汉代之时就开始了，所以他说：“我要大家知道白话文学不是这三四年来几个人凭空捏造出来的。”“朦胧诗”盛极一时，也绝非北岛警句格言式的诗篇所为。中国的前卫艺术，也不是谁朝着白宫比比中指，或学学罗伯特·弗兰克的《美国人》就能出来的。今天，如果你走进北京“798”各种艺术车间，在夸大生硬无灵魂的风格中游荡，你甚至会嗅出上世纪“大跃进”运动的浮夸之风，“文化大革命”或改革伊始“协会时期”的一哄而起，新瓶旧酒，仿佛全从潘多拉盒子里跑出来。大凡一种新的文化适应机制，制约着方方面面，呈现缓慢侵蚀的过程，非一人所为。

但有一点是很明显的，那就是改变。改变不独归属艺术的技术层面，也不尽属受众超前的眼光、开放的襟怀，而应该是一种可称为“相互邀约”的境况。艺术家、小说家邀约观众读者来欣赏赞美他们的新思想、新花招，尽其所能，招蜂引蝶；

另一面，受众对“时髦”也趋之若鹜，深恐落伍，被骂土气，即使活受罪，也点头哈腰地恭维着。这样，双方通过“互动”，也就免不了陷入斯拉沃热·齐泽克说的“互消性”（见其《幻想的瘟疫》第三章），也就是互动性的反面，中国当代艺术就是最好的例子。显然，这个游戏刺激而危险。看谁玩得好不好，是否不入窠臼，可能就得看谁更接近“有信仰的主体”了。但在有人曾预言的“三无时代”（无道德、无信仰、无文化），我们真的很难办。

艾斯特哈兹·彼得的《赫拉巴尔之书》，就这方面而言，我看就比我们许多“大名鼎鼎”的作家优秀，岂止优秀，几乎是令人难以望其项背——因为改变给他带来了自由，而对我们本土许多搞写写画画的人来说，则是“玩一把”，京畿新语则是“忽悠”，真正的思考者寥若晨星。

艾斯特哈兹·彼得的生活背景是东欧社会，正像他在中文版序言中说的，“当时的东欧正酝酿着剧变，冷战时期的政治体制濒临结束，一个新的体制将要开始——直到现在我们都不能准确地知道这个新体制到底是个什么东西”，所以，他的写作也就免不了要进入卡夫卡、赫拉巴尔、昆德拉、诺曼·马内阿、米洛拉德·帕维奇、斯拉沃热·齐泽克……之列，承担起记忆、观察、阐释的多重责任。难怪彼得要在小说中提醒我们，“他是一个住在哈谢克家乡的人”，不仅指小说中的赫拉巴尔，也指作家本人，还有更多类似的东欧作家，他们都经历了历史的变幻无常，国家兴衰，传统和时尚，战争与和平，谎言与真相，种族抗衡，两种体制的叠加覆盖，等等。尤其后者，导致双重人格的磨砺，就像好兵帅克的“蠢笨”、“木讷”——实际上是普通人的闷福——必须纳入军官的自作聪明或最高政治的愚蠢体系之中，犹如小说中说的：“这样的蠢货竟能一步登天，飞黄腾达。”（《好兵帅克》）如此对撞、融合，便酝酿出一种反常化的姿势，帅克、格里高尔·萨姆沙（卡夫卡《变形记》中的人物）、废纸打包工和酒店小厮（博·赫拉巴尔《过于喧嚣的孤独》和《我曾侍候过英国国王》中的人物）、塔米娜（昆德拉《笑忘录》中的人物）、马太·加夫通（诺曼·马内阿《黑信封》中的人物）、作家和安娜（本小说中的人物）都具有这样的姿势，然后就是广义的文学措辞。不了解这种“反常化”，也就很难理解艾斯特哈兹·彼得的小说，为什么天使成了凡世的秘密警察，在空中开着苏联的“拉达”牌轿车，为什么上帝最后要吹萨克斯……

以上这些作家，若说有一种遗传，那就是“反常化”的惯性。关于“反常化”，俄国作家维克托·什克洛夫斯基在《作为手法的艺术》一文中有过描述：“那种被称为艺术的东西的存在，正是为了唤回人对生活的感受，使人感受到事物，使石头更成其为石头。艺术的目的是使你对事物的感受如同你所见的那样，而不是如同你所认知的那样；艺术的手法是事物的‘反常化’手法，是复杂化的手法，它增加了感受的难度和时延，既然艺术中的领悟过程是以自身为目的的，它就理应延长；艺术是一

种体验事物之创造的方式，而被创造物在艺术中已无足轻重。”（《俄国形式主义文论选》）

“反常化”也有译成“奇异化”的，也就是，事物通过认知来感受，就在我们面前，我们也知道这点，但却看不见它，所以它必须从感受的自动化反应中脱离出来，通过反常化的描述（奇异化），让我们真正地认知它。如果，用赫拉巴尔杜撰的术语说，就是捷克语的“巴比代尔”（Pábitelé）；用昆德拉的话说是“力脱思特”（Litost）——“是突然发现我们自身的可悲境况后产生的自我折磨的状态”，或晕眩；或许最直接、形象的解释就是“中魔”或“着魔”，用我们的口语就是“邪了”。

下面就让我们看看艾斯特哈兹·彼得是如何使用这种手法描述其中魔者的——较之赫拉巴尔使人物“中魔”的程度来讲，或许应该说是更轻微的中魔。艾斯特哈兹·彼得要更内在些。

本书故事情节非常简单：一个作家，正在写关于赫拉巴尔的书，这个作家或许就是艾斯特哈兹·彼得本人，“他”让自己的妻子成了“文学寡妇”。所有的知识分子都有这个怪毛病，我们可以称作“神圣的隔断”，为了书写，安静，为了脱俗，为了精神层面，为了“巨大的混乱”——小说中的“内在秩序”，也为了永恒，于是乎，妻子们便成了某种附属物，这就是“文学寡妇”的含义，而两人——当然是从不同角度——又都想从他们所崇拜的“赫拉巴尔”那里获得现实的解释。

但从某种角度讲，“赫拉巴尔”和他的描述一样，却是他们的一种生活方式，是看不见的，就像我们旁若无人地大谈卡夫卡，而我们恰恰就正好置身卡夫卡所描述的社群关系中。这样的三角关系，用小说中的话说，就是“一个由三角形构成的三角形——在凡俗世界里——180度”，正好置于“着魔”的氛围中。

现实中，还有更多人“邪了”，在思维上仍然坚持帕斯卡尔“河那边”的习惯，自己站在河这边，对立物或臧否之物在那边，殊不知，芦苇掩映之处的河湾却连接两者，这就形成了“着魔”的空间环境。

继续往下读，小说中的丈夫正在写关于赫拉巴尔的书，而怀孕的妻子则悄悄爱上了赫拉巴尔，但都不会有什么结果，因为“写什么”作为本体之论，摆在了他面前，成为问题，真正的作家（“有头脑的那部分人”）都有这样的问题（当代那些昂首阔步的小说家除外），而且，进展艰难，跟生活一样，跟政体还不知道是个什么玩意儿一样。至于安娜的爱，“既不忠诚，也不强烈，更不过分”，所以，跟她丈夫的写作一样，也不会有什么结果，两者几乎是殊途同归。所以，才站在了同一条地平线上。传统的小说，都会有结果，肯定，迂回，界限，含蓄，深藏不露，漫长的福楼拜！“福楼拜”这个词出现在小说中绝非偶然，因为他的小说有一种密度——但，正像谁说的：理想主义日久就陷于令人难堪的狂妄；写实主义也因为残酷的描写和愤世嫉俗的论调令人憎厌。这两种东西在后现代艺术中，都遭到了讥诮。

艾斯特哈兹·彼得的小说也在讥诮这些东西，并寻找一种平衡感，所以，它的小说，跟安迪·沃霍尔的《布里洛盒子》一样，和几乎所有的后现代艺术品一样，关注表层，甚至有意营造此表层——也就是理论家们所谓的"无深度性"，一反精英们那种理解难度，或许应该说是直截了当，让过去少数人喜欢炫耀的"意义"，转而为人人都能理解的东西，而且，耳熟能详。他的上帝，又不是圣奥古斯丁的上帝，应该是神话修辞中的上帝。

由于小说弥漫着一股中世纪"忏悔录"的味道，所以，就不能不讨论一下上帝。在小说中，当上帝用对讲机呼喊天使，喜欢女人小腿上的弹力丝袜，并抽高卢牌香烟喝朗姆酒时，便获得了那种"无深度性"，但作为描述的关系渗透，上帝毕竟是个人物，他又获得了别的深度。人类必须了解可见的统治者和不可见的统治者在干什么——两者是否能够对调变身？从结果来看，能够，而且，非常巧妙："上帝只能用自己的语言跟自己讲话，因为没有谁能在上帝之上，如果真有，那么那个人将会成为上帝。但值不值得信任，就是另外一个很大的问题了。"

上帝就是秩序的符号，代言者，所以，在东欧动荡不安的岁月中，"上帝"、"天使"频繁出现，并不能作为拯救，而更偏向"自恋"，或作为世俗神话的一部分，既出现在文德斯的《柏林苍穹下》，也出现在卡夫卡、昆德拉、赫拉巴尔的作品中。正像昆德拉说的：在土地上，凡属于上帝的东西也可以属于魔鬼。艾斯特哈兹·彼得的说法是：也可能上帝就是妖怪。所以，秩序在这里，不是古典意义的，而是作为现实事物的状态，包含了无秩序的对立面，也就是艾斯特哈兹·彼得说的“时间的断面”，在平衡之中。作为一种表述方式，艾斯特哈兹·彼得彰显得比他的前辈更明显，毕竟，上帝和天使都是小说中的人物、符号。

关于符号，作者本人在书中有专门的阐述：“操纵人民的不是哲学，不是信仰，不是思想，不是智慧体系或经济需求，社会并非据此谋求它在世界上的位置，无论国家，还是个体，并非据此作出推论，并不按照所作出的推论进行设计，或者尝试着设计自己的生活——而是领会符号。魔法、闲言碎语和机械套用是它们载负的力量；符号，无论它的外部特征，还是毫无结构可言的内容，都让我突然联想起一个古代原始部落的宗教仪式……”

所以，符号化下的上帝，是有其明确身份的，就像互联网上，你可以隐姓埋名变成性倒错，或许是新的三位一体——“爱、痛苦与快乐”的阐释者。“基督教文化置身于快乐符号之下”，上帝是同意的，因为他已开始懂得，世界的完美性在于均衡，而不是完美无瑕，他不具备减轻人类痛苦的能力，否则，就会落入自己的陷阱，因为我们今天的现实不是那样的；天使，也有七情六欲，甚至越轨，堕落，色眯眯地欣赏安娜滚圆的屁股蛋，可不，既然上帝都可以作出决定学吹萨克斯，让这个女人高兴，他们又有什么不能干的呢，更不消说，一大群迷惘的凡人了。

正因为这样的前提，所以，我们可以说，艾斯特哈兹·彼得的作品，几乎是一部平面小说，符号学小说，辩证法小说，忏悔录小说，蝴蝶效应小说，足球小说——艾斯特哈兹·彼得喜欢踢足球，足球就是踢位置加明星，这里的明星是“赫拉巴尔”，其他交替出场的人物，都在找位置——还有蓝调小说——布鲁斯，正像作家自己说的：“共产布鲁斯，无产阶级布鲁斯，国家委员会布鲁斯，国家安全局布鲁斯，改革布鲁斯，开放布鲁斯，美金布鲁斯……”它既不是扁的，也不是圆的，更不是方的。小说几乎采用了一种东方式的“散点透视法”，打破一切界限，只要能登上舞台展开戏剧性的观点就行。人物十分符号化，就像“赫拉巴尔”，也是个符号，跟上帝、天使一样，成为一个“单词”，成为“捷克的幽灵”，并通过作家的妻子给他写漫长的信……谁都可能是这个倾诉者，或倾听者，谁都能使用自己的对位法。

能称得上情节主干的大概就是这些了，然后，其他的就是小说最常见的穿插，引述，诘问，议论，谈古说今，杂糅了哲学、文学、符号学、音乐、历史、典故、俚语……然后就是旁生枝节——比如，安娜和她的小姨，作家和另一个作家，天使和上帝——两个行使秘密警察监视任务的天使，其中一个叫裘裘的几乎有些喜欢安娜，等等。

这本小说之所以给人十分明显的平面感，主要是作者“有意为之”，在本来就很稀少的情节之中，又安插了大量的趣味命题，脑筋急转弯，诡论等，与《赫拉巴尔之书》的书名吻合。既然是书，就得表露思想，就得提问，就得有一个接一个的思想包袱和解包袱，抽绎出来的有：

上帝的语言是自恋的语言，自恋的语言就是沉默。

脏话就是世界语。

天使学（天使想要证明混乱）。

房间里有多少乳房（类似斯芬克斯之谜）？

世界的真相不是文学的真相，但是世界的真理是文学的真理。

与其说是爱国精神，不如说是恐惧哺育了我们的历史。

赫拉巴尔的意思是不是“抓挠”？

上帝创造了爱因斯坦，爱因斯坦则创造了相对论。

……

所以，我们不必把它当小说来读，反而可以当作格言集锦来领悟，当作辩论或对话来倾听——小说最后有段上帝和赫拉巴尔的对话，借用了卡夫卡和他情人的书信对话，就是作者精心编织的陷阱——要把我们拉入一场多声部的对话，迷惘，困惑，也十分自由，什么地方有趣，就从什么地方读起，哪句话有味道或画外音，就把哪句话塞进知识的搜索引擎。巨大的世界风俗画，浓缩在中等规模的小说里，犹如无限空间的永恒寂静打包压进了主人公那套狭小的公寓，我们只能听他们彼此在说什么。难怪作家要那么明显地打开“布里洛”盒子，表明自己的企图：“三流的诱惑不是诱惑。真正的诱惑是一流的。”

大概当年安迪·沃霍尔、杜尚都是这样的想法。他们想让我们明白，这个诱惑真正的背景是，在符号化的世界上，“符号在今天已经丧失了它们的严肃性”，进入了一个十分混淆的“魔法”时代，不是谁可笑不可笑的问题（昆德拉：可笑的笑就是溃败），而是现实的复杂性，是整个人类的滑稽性，所以，大家都曾翘首以盼“指引方向的符号”——世界曾经有过，欧洲、亚洲，甚至我们自己的现实社会，都曾有过，国家，个人，人云亦云，但现在却遭到空前的质疑。就像罗兰·巴特描述的葡萄酒，它可以用作梦想的托词，也可以用作现实的借口。这种可塑性，在文学中，促使任何一个简单的话题，都必须深思熟虑，而这恰恰正是艾斯特哈兹·彼得的特点。

记得过去曾有人说过，哲学的一个命题，需要几十个甚至上百个故事来证明它——正像艾斯特哈兹·彼得所言：“波兰的故事，斯洛文尼亚的故事，罗马尼亚的故事，鲁塞尼亚的故事……”对比一下，我们会发现，艾斯特哈兹·彼得悄然应验了这种说法，他已出版的中译本小说《一个女人》，里面就讲了97 个女人和 1 个男人（“我”）的故事。而这本小说，似乎反其道而行之，或许只有一个人，那就是赫拉巴尔，或许赫拉巴尔只有一个命题，那就是写什么？围绕这个故事的却是上百个命题，而每个命题，又带来新的故事和一种无限性。除了彻底思考，我们还能怎样呢？——但也别忘了，昆德拉的另一个命题：人类一思考，上帝就发笑。

钟鸣

2009 年 10 月于蜀

中文版序

亲爱的中国读者:

我想，我说“我们彼此陌生”并不夸张，我不认识你，你不认识我（当然，如果你读过《一个女人》，也许对我有一点了解）。陌生意味着充满希望，在我们之间任何事情都可能发生。不过我忍不住想告诉你，对你我只有一个希望：不仅希望你能够成为读者，而且希望你能成为我的读者。（之后，你当然可以读其他的书——我并不是那类爱吃醋的人……）

这本书写于 1988 至 1989 年，当时的东欧正酝酿着剧变，冷战时期的政治体制濒临结束，一个新的体制将要开始——直到现在我们都不能准确地知道这个新体制到底是个什么东西。不管怎么说，从社会角度讲，那是一个充满希望的时期，这种希望不仅洋溢在人们脸上，也浸润到了这本书里。我可以向你承诺，你将读到的是一部情节跌宕曲折的小说，有着犯罪小说的悬疑，一波三折，扣人心弦。

比方说，你可以在这部小说里知道上帝会不会吹萨克斯。我可以提前告诉你：上帝不会。所以他才叫查理·派克到天上教他。结果令人沮丧，我们发现上帝缺少音乐天赋，死活学不会吹萨克斯。这部小说里还写了天使，他们疲惫不堪地守在主人公的家门口，坐在一部旧“拉达”牌轿车里（这些轿车是我们从曾经的苏联那里得到的），也许，他们并不是天使，而是秘密警察。

小说主人公是一位作家的妻子（这位作家并不是我！！！），她叫安娜。亲爱的读者，我希望你会爱上她。她是一位泼辣的女性，会用口哨吹布鲁斯，臀部非常有型，用小说里的话讲：她的屁股可真漂亮。那位作家正在写一篇关于捷克作家赫拉巴尔的文章，与此同时，安娜偏巧爱上了赫拉巴尔。也就是说，这是一部爱情小说。另外，它还有一点家族小说的味道，与我后来所写的一部作品《和谐的天堂》机关暗连——那部书有着更加险象环生、惊心动魄的情节——我将在另一篇序里予以介绍，如果我们幸运的话，如果那部书能列入出版社的计划的话……

关于我自己，我能告诉你的是，我并不是一个很有趣的人，我既没有猎杀过大象，也没有当过密探，更没有做过约翰·肯尼迪的情人。（这句话我像是从哪里引用的，只是我忘了原话的出处。这种情况在我身上经常发生，所以亲爱的读者，假如你在我的书里找到某句让你格外喜欢，听起来显得很美很智慧很深邃的话，那么最简单的办法是，你把它看作是我从某人嘴里引用的箴言，比方说，从托马斯·曼那儿，或从《论语》里。）绝大多数时间我都坐在房间里，要么写作，要么阅读。年轻时我踢足球（很有天赋），还在大学里学过数学（不太有天赋）。

还有什么该说的？

有一些非常令我敬重的作品已经先后被译成中文，或多或少地变成了伟大的中国文化的一部分。另外，在这个世界上还有几个我非常爱的人。暂时我先说这么多吧。

我亲爱的中国读者，向你致意，向你问候，我希望我们会彼此喜欢。但我并不想继续缠着你，我知道，你现在想开始读书了。

艾斯特哈兹·彼得

赫拉巴尔之书

Te vocamus,quod sic plasmavisti hominem et hominem itidem vocamus,qui tamen debet praestare seipsum...percipe hanc altercationem in corde nostro diabolicam,Domine!Et oculos sanctos Tuos in inopiam nostram conjicere non gravator,sed conspice postentum clam nobis abditum,in extis...accedit,quod allectationes nutriunt impsum velut alece. Et ne nos inducas in tentationem,supplicamus ad vesperum,paeccatum tamen ostium pulsat intratque domum et intrat prorsus ad mensam. Amove ergo sartaginem igneam,qua caro siccatur,nam animal in me debile crebro.

我们满心虔诚地向你呼唤，是你按照你自己的样子创造了人类，同时我们也呼唤人类，他们不管怎么样都应该对他们自己负责……你还要看到，撒旦在我们的心中不敬地顶嘴，我的上帝！不要闭上你神圣的眼睛而无视我们悲惨的命运，更不要对隐藏在我们体内的妖怪视而不见，更何况魔鬼的诱惑在哺养着它，就像鱼汤一样赋予它力量。不要让我们陷于诱惑，尽管我们每晚都向你祈求，可是罪恶仍会叩响我们的门，是啊，甚至会进到我们的房间，走到我们的桌子旁。请你拿走正在煎熬我们肉体的鼎镬吧，因为我们体内的畜生是这么脆弱。

一段中世纪的祈祷文，

摘自弗斯特·米兰[1]《我妻子的故事》

[1] 弗斯特 · 米兰（Füst Milán，1888—1967），匈牙利著名作家、诗人、戏剧家和散文家。

忠诚篇

“先生，我是捷克斯洛伐克人！”

一个人说。

另一个人抽了他一记耳光问：

“那又怎么样？”

——赫拉巴尔《镜子的出卖》

1

两位天使，他们彼此使用天使的语言进行交谈（难道他们还能用其他的语言？），他们俩化身为年轻男子，其中一位叫勃拉日，另一位的名字是卡博尔，不过所有的人，包括上帝在内，都管卡博尔叫裘裘。

“裘裘，你最好下去调查一下，如果你不介意的话，去看看这帮家伙究竟在打着上帝的旗号干些什么勾当……要当机立断，沉稳机警，而且还要小心谨慎，你知道应该怎么办……自由意志，加上深思熟虑，还有那一大套老生常谈。你带一个人去吧……两个人搭伴总比一个人要好。”

“要他当证人吗？”

“现在你存心跟我抬杠是不是，裘裘？你这个调皮鬼，我知道你肚子里的花花肠子。不要跟我耍心眼儿，也别跟我说这么多废话。用不着你刨根问底。你到底想要知道些什么？你别想逼我怎么样，你听明白没有？”

上帝的话不会让任何人感到吃惊，从来不会搅乱世界万物的安宁，他的话，就连粒尘埃都沾不上，要知道，天使不会讲上帝的语言，他们只会讲级别较低的人类的语言、动物的语言、植物的语言、水晶的语言、分子的语言、原子的语言——但是给我闭嘴！你究竟想要知道些什么？你不能把世界分解为更加微小的元素，我们由于能量而剧烈膨胀，在这里局部并不见得就小于整体，这是宇宙之舞，虚无与形状的崭新关系，哎呀，对了，这还跟时间与空间有关，我们所讲的并不是存在与行动本身，而是关于存在与行动的趋势，世界的前后首尾互相连接，浑然一体，屁股的位置就是脑袋，反过来也一样；即使上帝蜷在众轻子[1]的荣耀之中，蹲在原子核的中央，恐怕也不会让谁吃惊——也就是说，天使们还会说希腊语，当然还通晓军事密码，由此推测，他们还懂一点有限代数，正因如此，上帝被迫使用天使的语言与天使讲话。

现在我忽然想起来了，上帝只能用自己的语言跟自己讲话，因为没有谁能在上帝之上，如果真有，那么那个人将会成为上帝，或许直到现在，这件事都是如此滑稽。所以说，上帝的语言是自恋的语言（这是一种沉默的语言，嘘，切莫声张）。这样挺好，否则我们会遇到很大的麻烦，假如上帝不爱自己的话，他必定会想出招数，让我们也丧失相互同情的理由。我们，作为上帝的孩子，我们将会继续相互报复；不然的话，一切都将在眨眼之间，在优雅而悚然的短暂一瞬化为灰烟。在我看来，上帝（“就像海洋一样”）有着史诗般的禀性。

在问世于公元 3 世纪的多部《次经》里，都不遗余力、耸人听闻地描绘了天使的语言，尤其是对令人震惊的大天使米迦

[1] 轻子：一种基本粒子。中译注，下同

勒和弑兄的塞斯的残忍天性与拙劣手段大加渲染（“他们只难过了几天，等等”），最完整的记述见于希尔德斯海姆市 G. 奥姆斯出版社 1966 年再版的《启示录·次经》的第 24—33 页。巴特不无讥讽地注释说：“仿佛维特根斯坦在濒死的病榻上返回到逻辑哲学的命题。我的朋友们，天使的语言并不是什么胜利者的语言。”

我们有理由举一反三。

街上的人们交头接耳地悄声闲谈。“他们是谁？”“他们来找谁？”“也许他们是冲我来的？”情况总是这样发生，无辜代替现实，隐伏的敌意代替无辜，恐惧代替敌意。然而，人们不可能永远生活在恐惧里，停在那里的汽车在停了一段时间之后终于开走了，于是无辜重又代替了恐惧。无产阶级专政后期的温和变种。

坐在挂着 AI（政府的）车牌的“拉达”轿车里的那两个寡言少语的年轻男子，起初并没有引起周围人的注意。在城市的这个角落里，至今保存的与其说是痕迹或碎片，不如说是阴影……实际也不是保存下来的，只不过是将记忆投在坐落在那儿的乡镇村庄，而后溶解到那个世纪二十年代末的大都市里。

乡村的景象、动静和截肢的疼痛所唤起的记忆并不是太多，甚至比习惯的还要少一点儿（更不要说跟传统相比）。这里尽管离市中心很远，但还是不能称作郊区，这里的居民进城，需要事先周密考虑，积蓄勇气，作出决定，这里有一条两侧排列着悬铃木和钻天杨的主街，路边多是带有院落的小平房，并不是别墅，要比别墅简陋得多，穷困得多，实用得多，这类毫无风格可言的实用建筑，应该叫“民宅”更合适。不管怎样，这里被称作“花园区”，甚至曾有人叫它“疗养区”，因为曾几何时，船坞、浴场和水上运动在多瑙河的沿岸一带随处可见。但是，一是由于多瑙河污染，二是随着娱乐习惯的改变，这一切都已成为过去。水上运动不是变成了网球运动，就是这么荡然消失，游泳的人们改去公路边的游泳场（正因如此，游泳场立即修缮，先是关了一段时间，之后重新对外开放）。

这里有一家甜点店和两家相互竞争的小酒馆，当地人都习惯以老字号相称——“啤酒坊”和“老猪倌”（店主老猪倌现在还活着，他总是坐在大堂角落的酒桌旁，而且总是按“品脱”叫啤酒，由于酒馆里的跑堂经常更换，所以许多人不知道一品脱是多少。“小伙子，一品脱就是一扎再加一小截儿！你听明白了吗，先往酒扎里倒半升啤酒，再用量器量出未足一品脱的那份差额，然后再把它倒进酒扎里补足。”），这里有理发馆、服装店和过去专补尼龙丝袜的手工铺子，这里既有本地人，也有新移民。尽管这里不可能像小村庄那样每个人跟每个人都彼此相识，但他们在一件事上有所共识，这个共识就是：时光在流逝——或许，这不过仅仅意味着在这里还存在公共舆论，它们通过习惯的渠道自然传播，在小卖铺里，在邮递员嘴里（在送信途中），在肉店里，在小教堂前。

假如我这样看到时间的断面，从品脱到酒扎，从母亲的炒锅到工会组织或者其他；假如我看到现在虽然不能扼杀一切，但是一切都将死于过去和未来，那么，我就会经常毫无缘由地感到慰藉。看到有机的生长，我便感到满心愉悦，这或许也是对大自然的神化，这种做法实际很蠢，至少结果令人不悦。假如我能在人类创造的东西里辨别出上帝所创造的自然的话，我便会认为良好和正确。难道我所认为良好和正确的东西，就是现实与无辜、隐伏的敌意与恐惧的无序混淆吗？不管怎么样，人们迟早都会为此付出代价。

“时间的初始瞬间与造物开始的瞬间相一致。”圣奥古斯丁这样写道；这些关于时间的注释过于轻率无稽，没有什么值得争辩的，时间渗进这些语句里，将其浸透，并非溅湿，而是如浪拍打，可以从里边拧出时间，就像能从一条振布里拧出很久很久以前吸进的水来一样。谁能在两个小时之内结束这个局面？时间已过了两个小时，米黄色的拉达轿车缓慢、谨慎地在游泳场那里开下公路，拐进一条扬尘的土巷。在两个陌生人观察了两个小时的那个房子里住着一户人家，这是一幢“民宅”！里面住着一对夫妇和三个孩子，妇人名叫安娜，男人是一位作家。

临街的院墙围着致密的栅栏，换句话说，栅栏本身就是院墙，其实也并不是什么栅栏，而是一排灌木丛、荆棘和幼树林，由于从没有修剪过，所以枝杈交错，看上去俨然一道致密的栅栏。作家很喜欢这道栅栏，因为它的存在使他感到有所防卫。当然，对于两位天使的视线来说，这道栅栏根本不具任何的屏障作用；随着久未上油的门轴蹩脚的乐声，房门被人推开了，一位妇人从屋里出来，他俩看得清清楚楚。他们等的就是她。这时裘裘惊叹一声：

“她的屁股可真漂亮。”

勃拉日的脸红了，绯红的面色映红了天幕，要起风了？天使的睫毛如同蝴蝶沉重的翅膀，微微扇动。

“脏话就是世界语！天啊，我的兄弟，她太漂亮了！”裘裘用鼻子吸了口气，他干了桩错事，突然袭来的夏日清凉会让人立即感冒的。妇人伸了个懒腰，并且哼唧了一声，就像在清晨孤身一人。

2

“我喜欢晚上七点前的这几分钟，当我用抹布和揉成一团的《民族政治报》擦拭玻璃灯罩的时候。”安娜喜欢晚上七点前的这几分钟，当她跨出屋门，终于可以一个人待一会儿了，哪怕只是伸几秒钟的懒腰也好，让她感到慵懒的惬意，仿佛在清晨里孤身一人，聆听画眉鸟的三声啼啭：小子—小子，年轻的小子，要—还是不要—胡桃—小子……“清脆—悦耳”。

她喜欢身边没有别人，因为她身边总是有人。这个称不上“傍晚散步”，只能说是“原地踏步”，跑出屋来吸一口气，叹一口气，吹一声口哨，马上就得掉头回屋。她的口哨吹得很棒，像是女低音在唱歌，酷似“宝贝小子威廉姆逊”唱的蓝调歌曲。那位老黑人是她最喜欢的歌手，“宝贝小子”。

每当那时，每当她厌烦了跟父亲每天进行的仪式性通话，她就会顽皮地胡思乱想，设想她的父亲就是“宝贝小子”，一条沮丧、病弱的老狗，或者反过来，“宝贝小子”是她的父亲。吻吻吻，亲吻每个人，我将太阳一样炽烈的吻带给每个人。“嗨，爸爸。”随后她开始吹口哨，“宝贝小子”眯着眼睛笑道：“不错，小伙子们，这就是我女儿，音乐在她的血液里，没错儿，她是个天才！你们还等什么呢？宝贝女孩，又甜蜜又忧伤，你妈妈那儿有什么新闻？”

“你在吹口哨吗？是在吹口哨吗，你？”真实得不能再真实的父亲用嘶哑的嗓音反感地问她，问题可以分为两个，女儿会不会吹口哨？如果她会，那么这个口哨是不是她吹的？

“爸爸，你脑袋里又在乱想什么？”

“没想什么，你不要生我的气。”从他说话的语气里听得出来，他不仅什么都明白，而且为自己能够惹女儿心烦而感到高兴。

就在那巨大的黄昏之中——正如法国人所说：在狗与狼之间的时间[1]（这是我从茨维塔耶娃那里听来的：entre chien et

[1] 法国习语，指黄昏时段，因为那时太阳西沉，光线昏暗，很难看清远处走来的是狗，还是狼。

loup）——黄色的灯光就像气球一样从窗户里面鼓胀出来，那是从房子里捧出的金色球体，黄色的光亮轻轻摇曳，“它所投下的深色影子，使人屏息驻足，陷入幻想。”

寂静中，安娜屏息驻足，陷入幻想：屋子里传出嗡嗡的噪响，她置若罔闻，她马上要招呼孩子们吃饭，孩子们虽然会备好餐具，但却喜欢让她盛饭，而她也喜欢喂他们吃（“我喜欢我的这些点亮的灯盏，借着灯光，我将盘子和刀叉摆到桌上，报纸或书随意摊开，我喜欢灯盏投射的光线，投射在歇在桌布上的，仿佛是被割下来的一只只手上，通过手上字迹般的皱纹可以读出主人的性格，可以判断出哪只手是谁的……”)，街上并不安静，七点的班车马上就会开来，或者六点三刻的班车迟迟才到，那是匈牙利制造的公共汽车，将路边的门窗震得瑟瑟颤抖，颤抖席卷了整条街道，但是在街道跟房子之间，在妇人站着的地方，在那儿，在七点前的这几分钟，格外宁静。

这个时候，她喜欢事物的衰败景象，抬头望一眼阴暗的天空，她喜欢檐下排水管的残旧破裂，喜欢墙皮剥脱的斑驳纹理，还有院门上厚重的铁锈。可是换在白天，她所喜欢的这一切看上去何止是瑕疵，简直就是浪费空间，是这个将他们包绕其中的衰落世界发起的进攻，然而，她决心已下，她将战斗到自己生命的最后一息，对于作家饶有兴味地沉溺于“细腻得几近歇斯底里的细腻”的冥想，或因某块许多年来摇摇欲坠，但令人不可思议地始终悬而未坠的墙皮所发出的“隐伏在里屋的持续不断的悲剧性”的赞叹感到不解，事实上，她也从来没想理解过，作家还严禁清除他房间里的蜘蛛网，并说“衰败很美”，安娜从来不想理解他对败落、无序、矛盾、混乱具有双重意味的赞颂；然而，这此时此刻，她所看到的一切不再消极，而是独特的、唯一的，是她的生活与众不同的标志，这是我们的家，这是我们家的排水管，这是我们的裂缝和我们的铁锈，这是我的一刻钟！在这一刻钟里，空气忽然变凉，夏季转眼不再，对这个转变她也很喜欢，似乎这以某种委婉含蓄的方式表示：时间正在流逝。

她还喜欢时间的流逝。她还没有对此畏惧。

房子的东南角有一个凸出的小屋，准确地说，是一个隆起，一个鼓包，这里原本是一块露天的晒台，她丈夫就在这里工作。这个时候，假如她小心翼翼地朝窗里望去，她总能看到同样的场景，将近二十年了，场景总是一模一样，一股热烈的情感涌了上来，她情不自禁地叹了口气，弯腰窥望，她在演戏，在为自己演戏，她仿佛是在舞台上；这么做不好，万一会被什么人看见（她为之表演的人除外），比方说，会被她的孩子们看见。

“你为什么要弯腰啊，安娜？你的肚子疼，是吗，安娜？”孩子们都习惯叫她“安娜”；老大近来又开始叫她“妈妈”，看得出来，她喜欢说出这个词，“妈妈”。

男人坐在一张巨大的写字台后。

"如果，"他正在教已到了上学年龄的孩子们读书，"如果这张桌面平阔，没有上部结构，十八世纪晚期巴洛克风格的写字台桌腿的数目——这里还用不着动脑筋——是四条的话，而在饰满黄铜、嵌工精细的弧线形桌子腿之间，在被镀金的黄铜彻底包裹的螺旋形桌子腿之间，雕饰图案的丰富色彩与复杂造型烘托并强调了写字台的结构，每条桌腿上都有一个半裸的女子身体前倾，另外，每位女子身上一般都有两个乳房，那么在这个房间里总共该有多少个乳房？请你们不假思索地立即回答！"

年复一年，孩子们总能被父亲层出不穷的新招数吓倒（父亲则被孩子们的回答搞得目瞪口呆）；他们按着年龄顺序依次回答：

"八个。"

"你说什么？！"

"无数个。"

回答"八个"的是大女儿，她答完之后掉头就跑，直到晚上都不再跟父亲搭话；反问"你说什么"的是排行老二的儿子，他跑出去一会儿，等到房间里没人之后，又悄悄地溜回去，"你们别怕！"他悄声耳语，轻轻抚摩冰冷的铜片；说"无数个"的是小女儿，男人强忍了一会儿女儿顽劣的目光，随后烦躁地走开了。四周突然一片寂静。

晚上，如果他从巢穴里出来，用更加浪漫的说法形容：如果从岩洞里钻出，弓腰塌背，疲倦不堪，活像一位煤矿工人，大片阴影使他的脸色变得晦暗，一只眼眯着，看上去要比另一只小，眼皮颤抖，仿佛说话口吃，冷得打寒战，或在挤眉弄眼地勾引谁……“他站在门口的阴影里，衬衫袖口的白色装饰扣泄露了他这一天疲惫的程度，两枚纽扣几乎碰到了膝盖，表明他在一天里承受了多少的思考与烦恼，他的个子矮了十厘米，也许更多……之后，我们每晚都站在点着灯泡的手拉式升降灯下，绿色的灯罩大得出奇，足能将我们俩扣在伞形的吊灯底下，我们站在嗞嗞作响的煤油灯似的光雨里，我用一只手搂住他，用另一只手抚摩他的喉咙，他闭着眼睛，呼吸深缓，当他平静地搂住我的腰时，我们看上去像是要跳交谊舞，只是这比跳舞的意味更加深远，这是身心之浴，他俯在我的耳边对我悄声细语，告诉我这一天都发生了些什么（因为在他的办公室里发生了许多离奇的事，但他只能将一小部分讲给妻子听，数量与他记在纸上的部分大致相当，多不了多少）。我抚摩他，我的每个动作都在抚平他的皱纹，随后，他抚摩我散开的长发，每次我都将灯罩拉得更低，灯罩的边缘密密麻麻地垂挂着用彩色玻璃丝串成的珊瑚枝，在我们的耳畔玎玲作响，有如土耳其舞女系在腰间的繁复细碎的金属片和装饰物，有的时候，我感觉那盏巨大的升降式吊灯如同一顶戴在我俩头顶上的扣至耳根的玻璃礼帽，礼帽里下着致密的冰雹……我将他脸上的最后一道皱纹抚到脑后，抚到头发里或耳朵后，他睁开眼睛，挺起身子，袖口的装饰扣又回到他的胯际，他困惑地望着我，当我冲他微笑点头，他也开始冲我微笑，随后垂下眼帘，坐到桌边，攒足勇气，将目光投在我的脸上。我凝视着他……”

安娜在夜晚的清凉中打了个冷战。她强迫自己：现在不要朝窗户里窥望。“我其实知道，最大的问题是我自己，我的背上扛着一个虽然无形，但切实存在的背包，而且这个背包一天比一天更加沉重。”

小子—小子，年轻的小子，要—还是不要—胡桃—小子……

3

写什么——这是什么意思？什么意思也没有。只意味着无聊的废话、内容和形式的统一、上帝的见证、社会的发展、凌驾于自然之上的规则和工会的图章。这位作家要写赫拉巴尔，博胡米尔·赫拉巴尔，捷克人。[1] 七十五岁。小说家。这是个人名！他是一个住在哈谢克[2]家乡的人。他的年龄大于五十岁，可以被五整除，七十五就是一个这样的数字，这样的数字可以让文人癫狂发作，可以这么说，他们由于受到惊吓，开始咬文嚼字地进行旨在平息内心深处事出有因的良知与自责的势如疾风

[1] 博胡米尔·赫拉巴尔（Bohumil Hrabal，1914—1997），捷克小说家。

[2] 雅洛斯拉夫·哈谢克（Jaroslav Hašek，1883—1923），捷克作家，代表作《好兵帅克》。

骤雨的欢乐写作，或者策略性地使他人就范。

三流的诱惑不是诱惑。真正的诱惑是一流的，是针对个体进行的。挑战，考验，直指自尊（在多数情况下是被扼杀了的）和清教徒的欲望；做得十分巧妙。简而言之，作家将博胡米尔·赫拉巴尔视为一个巨人。一个流传很广的玩笑：身为一个匈牙利人，或者说，身为一个东欧人、中欧人、中东欧人是一种不幸。可是赫拉巴尔却说（作家这样认为），事实并非如此，不是不幸，而是悲剧，生在这里，就是一个悲剧，甚至比悲剧还要严重：是个喜剧。总之，是一出戏剧。我要说明的是，这出戏与世界任何地方上演的都大致相似，只是有更好的条件予以理解，这里的环境更加客气，并且时刻不停地提醒人们关注。正因如此，多瑙河离天空很近。现在，我暂且忽略察觉者与被察觉物之间的关系……同样也忽略，隐伏着的中欧式的傲慢……怎么能够靠近天空？！相互戏弄。

他的写作进展艰难，即使意志也可能会以吟怨告终，所以可以这么讲，所有的一切总是进展艰难，有进展的，肯定艰难，否则表明没有进展，因为唾手可得的东西肯定不是该有进展的“那一个”。好了，不说了，一切顺其自然。

可以这样讲，作家对城市边缘、规矩和语言早已了如指掌，但我们还是不能将他视为平民。不能。匈牙利文学对平民传统不屑一顾，为此我感到非常遗憾。作家一方面觉得自己十分理解赫拉巴尔，而且，这里面说起来也不无虚荣，他认为彼此的区别显而易见。具体地说：在所有的方面。区别如同两只鸡蛋。不过要说的正是这个，作家对自己身上的异类性与陌生性也进行审视。准确地说：现在审视的是这种陌生性。这个似乎有必要被称为“抱负”。他对那位捷克同行在他体内唤起的这种陌生性反复咀嚼，反复尝试，试图在一切之中找到相似之处，他所感兴趣的程度取决于他能够利用多少，当然是以多产为尺度。他是一位在生活与文学之间会不假思索地选择文学的作家，因为他不仅认为，而且相信，文学就是他的生活。生活的真相不是文学的真相，但是生活的真理是文学的真理。他这样表白，不以此为耻。另外，我差一点忘了讲：他也不以此为荣。

安娜过着文学寡妇的简单生活。

有的时候，作家整整一天都沉默不语，一动不动地坐在房间里，安娜不敢进去看他，他的表情非常可怕，龇牙咧嘴。他还咬指甲，安娜对此十分厌恶，一个四十岁的人咬指甲实在太过分了。（至少这是一种行动，匈牙利人很崇尚行动，不过严格地说，行动是指我们的肌肉，至于思想者思想或作家写作，这些从来不被人留意，只有类似种树这样的社会劳动，才是行动。文学的用途，只不过是坐在树荫下阅读……）有时他像某种动物一样地咬笔杆。作家迷信地坚持用笔写作。他有一支派克笔，笔杆都被他攥出了凹陷；丢在郊区小火车上了。（“派克”对安娜来说另有意味，她脑子里想的是大名鼎鼎的“小鸟查理”……

补充一句，查理·派克曾把萨克斯丢在了地铁里。[1]）

作家坐着，之所以是作家，因为整天坐在大写字台后，面带憎恶地摆弄、揉捻甚至抚摩纸条纸片，他的桌子看上去就像一片原野，比方说，像是静谧的托斯卡纳山麓或一片温和宜人的大漠，像是塔可夫斯基电影里一个舒适、温柔的局部空间，总之，看上去是够吓人的。桌子上总是密密麻麻地摊满东西，多得不可思议的材料层层叠落，如山峰和幽谷，丘陵起伏，堆在一起的信件，手稿，报纸，彩色马克笔，栗子，合同，随手涂写的纸页，过期了的护照申请表，汽车票，铅笔，本子，工作日历，情书（过期情书的矿山），曲别针，巧克力包装纸，备忘录，书，巨大的（灰色的，或者说杂灰色的）混乱，换句话说：内在的秩序——所有这些都分层摆放，有许多层，像三明治似的，并有神秘、幽深的孔穴和隧道，第二层是已经来了两个月但还没有答复的信件，另外几层是两个月后才会成为"已来了两个月还没有答复的信件"！作家有一位朋友，他的写字台——与作家的截然相反：寂静的平原，干净的稿纸整齐叠放，两支钢笔。在那张桌子上只存在直角。好像欧几里得说过："不工作就没有面包，也不会有几何学。"他还说过："几何之内无帝王之路。"而他的另一位朋友根本就没有固定的桌子，在大腿上

[1] 查理·派克（Charlie Parker，1920—1955），美国著名的爵士乐手，萨克斯演奏家，绰号"小鸟"（Bird）。

写作。莫非那是帝王之路？

安娜有时会梦见赫拉巴尔，而且梦见的次数越来越多。她对这事守口如瓶，想来这样的梦本来应该由她丈夫做（或许以另一种方式）。遇到麻烦的人虽然意识到自己已经遇到了麻烦，但还是假装没意识到，其实，他本来就该在自己理应意识到的瞬间意识到自己遇到了麻烦。如果意识得太早，表明缺乏自信；意识得太迟，则会被人指责为粗心大意。他的意识一次次受阻。现在暂时显得颇为自然。说“他什么都没有意识到”也有点夸张，但是在他的思维里，在他原始思维里，他确实没有想这个问题，事实上他本来就很少去想——怯懦，反让作家引以为豪——他实际也没什么好说的，平时他只跟书籍交谈。“算了，亲爱的，这还是留着跟记者说吧。”

一天早晨，安娜想用言语讨他欢心，“热，能再热”，她知道作家喜欢这类词序独特，使用动词变位的句子，“我想要吃巧克力”，尽管下句中没有用动词变位，哪怕可以使用，但她并不勉强，“管他热不热呢”。在督促别人做家务时，一句“宝贝儿，把你自己的床整一下”，要比成百上千次的恐吓还要管用，原因根本不在于话语本身流露出的亲切，而是在于“自己的”一词。

如果他训斥那个把“你是什么意思？”挂在嘴上的儿子不要这么粗鲁，而那个一向很粗鲁的孩子回答说他此刻并不粗鲁，男人便开始厉声吼叫；但是孩子这样回答有两种可能，一是他说的符合事实，二是婉转地辩解他并不是有意无礼，这种时候，他会甩手而去，把所有教育理念都忘在脑后，他跑到安娜那里去反映儿子的教养问题。

“你这是怎么说话呢？！不能再热了……你在说什么？！这种日子没法儿过。”

安娜点点头说：“是的，天这么热，我想你没办法工作。”

话说错了，作家开始面部肌肉扭曲、歇斯底里地捶胸顿足，说他的工作不是靠作出决定就可以解决的，他并不想在烈日炎炎或风雨潇潇的日子里工作，或许这个期望并不算高：别再拿天气热不热之类的话题加重他的思想负担，可以理解，他希望妇人意识到他的工作身不由己，她不仅应该意识到，还应该（哪怕是以她的方式）予以珍视……

“好吧，亲爱的。”

男人跑出去大半个下午，安娜重又陷入了冥思。只要作家乐意，他能在一切毫无意义的东西上耗费那么多精力，这种时候，他会愁眉苦脸，手舞足蹈，嘶吼咆哮，肌肉痉挛——苦心经营！福楼拜附体！——这表明，在所有这些毫无意义的对手戏里，他自己也毫无疑问地扮演着角色，但他认为一切都是她的错，因此他才会像现在这样被迫离开，到马路对面的游泳场那边踢一会儿足球，而不能坐在那间效劳于自己天赋的房间里……“难道这个时候他确实不在床上，许多年来每个星期天的上午他都泡在游泳场里？……他太自以为是。难道这也属于他的专业范畴，还是仅仅是我倒霉？你说，赫拉巴尔，这到底都是怎么回事？”

赫拉巴尔一次又一次地闯进他们的生活。他们满脑子都是赫拉巴尔。他已经不是一个活着的人，而成了他们生活的一个方式；他们汲取他的精华，讲他说过的话，模仿他作品主人公的手势。赫拉巴尔从每个角落窥视他们——只是现在不够快活，本来这应该是一桩快乐的事。他们溶解到了赫拉巴尔体内？这么讲太夸张了。准确地说，他们只是爱上了他。舒拉尼教授先生（或者是他儿子，但他儿子也是舒拉尼教授）说："在伯雅伊父子身上感到的对无限遥远的美好追求，要比在欧几里得身上感觉到的多。"没错，这是一个由三角形的角构成的三角形——在凡俗世界里——180度。

我突然想起，难道所有舒拉尼教授的儿子都是舒拉尼教授的吗？赫拉巴尔，这到底都是怎么回事？

4

"我是耶和华，我是耶和华。安琪尔，请回答。"

"我是安琪尔。安琪尔呼叫耶和华。耶和华，请回答。"

"我的小袅袅，有什么事情这么忧伤？！"

"还没什么忧伤，我的上帝。"

"我现在不想对你指手画脚。但我要顺便提醒你，文字游戏，贫乏无味也好，文字游戏，光彩四射也罢，那是撒旦的作品。但我们现在不谈这个，我没有情绪去想那个家伙。你们进展到哪一步了？”

“还没有结果，我的上帝。”

“那就赶紧去办，笨蛋！别让我说你，傻瓜……”

“请你原谅，我的上帝，统治者的上帝，众神之神，众王之王，你的荣耀在世上代代相传，对你的赞颂在全世界传扬……知道吗，老板……机器在运转，创作者在休息……”

“天啊，我的小袭袭，天啊……分寸感，我说了不止一次了，分寸感……”

“语言寻找真理，我的上帝，但不是占有。语言具有两重性，就像保护神赫尔墨斯，真理与虚假混在他体内。朦胧不清，因为光明与黑暗交织在一起。”

“滚吧。我没事儿了。”

如同一场巨大的风暴，寂静涌入了拉达轿车。上个世纪的加缪拉斯·戈布列尔·图拉[1]（他恐怕是能让尼采相信的唯一的人，我明白这是一种巨大荣耀）在他谈论柏罗丁[2]的那本格外动人、具有挑战性的小册子里（丢尔申书店出版，莱比锡，1870年）用亲切的语句写道，彻底的真实，已经超过了语言表达的

[1] 作家出于游戏心态虚构的人名。

[2] 柏罗丁（204—270），罗马帝国时代哲学家，新柏拉图主义创始人，又译普罗提诺。

可能性。语言在边缘地带，在“无所谓”的范畴里游弋，就像人类本身。“没什么忧伤”，天使汇报说，这是一种直话直说的态度，研究恩培多克勒[1]学派的泰梅恩的观点也提供了支持（我叫他嘎比，人很可爱，在今天像他这样的人十分稀有，我妻子也很喜欢他，小伙子棕色的卷发、魅人的微笑、爱笑的牙齿让他更加讨人喜爱），他认为天使是用并不存在的材料做成的，是容易犯错误的完美者，对了，还是极其优雅的美妙生命，他们在阴沉的天穹下无关痛痒地轻松闲谈，与此同时，他们从传自人间的、稍微陌生的词语里汲取养分。从甜蜜的灾难里偷捡葡萄干，这是他们最想做的事！！！当然，忧伤正从两个方面悄然酝酿，婚姻总是如此，几乎总是如此，不像汹涌翻卷的暴风云，而像雨滴、露珠、木屑或葡萄干，逐渐积聚，轰然倾泻。

两个天使一动不动地坐在一辆苏联制造的仿老式“菲亚特－莱森斯”拉达轿车内；手动挡的扶柄如同一顶金制的皇冠，闪耀着黄色与紫色的光。假若这时有谁正赶往“老猪倌”酒馆，或者想翻过游泳场的围栏——比方说，要是孩子们翻栏而过，作家肯定会惩罚他们（要知道：他们已经买了门票）——总而言之，无论现在谁从这里路过，都会在心里感到莫名其妙地慌乱，是什么使他们加快脚步，直接说吧，是什么让他们惊惶躲逃？

噢，是想研究历史，还是探究生活？

看起来，藏在雷电之中的并不是人们经常咏叹的无穷无尽

[1] 恩培多克勒（约公元前490—前430），古希腊哲学家。

的天使暴行，而是历史的暴行。让我们长话短说，1988年的匈牙利并非笼罩在恐惧之中，而是处于难以预料的不测之中；未来的不测，现在的不测，过去的不测。

操纵人民的不是哲学，不是信仰，不是思想，不是智慧体系或经济需求，社会并非据此谋求它在世界上的位置，无论国家，还是个体，并非据此作出推论，并不按照所作出的推论进行设计，或者尝试着设计自己的生活——而是领会符号。魔法、闲言碎语和机械套用是它们载负的力量；符号，无论它的外部特征，还是毫无结构可言的内容，都让我突然联想起一个古代原始部落的宗教仪式，联想到坐在篝火旁的先民们借以弥补现实的富于创造力的虚幻空想，以及夜总会滑稽歌舞的蹩脚登场。符号混淆了宗教仪式和滑稽歌舞之间的不同，顶多有时误将讽刺的严肃视为浅薄，将严肃的崇高视为原始。

比方说，直到最近几年，兽骨占卜术始终都在国内广泛流行。

经历了教会历史上无数次悲剧性的转折之后，十字架积淀为基督教的标志，最为可信、最为有效的是十字架，而不是火刑柱、拔指甲钳或教皇头戴的高冠。想来，历史上也曾有过那样的时刻，某种“指引方向”的符号也曾应运而生，成为某种社会主义的标志，打个比方，例如分田分地的界桩。现在，《伊凡·杰尼索维奇的一天》更像是一个符号，《古拉格群岛》，[1]一

[1] 两部作品均为俄罗斯作家、1970年诺贝尔文学奖得主索尔仁尼琴（1918—2008）以自己的劳改营生活为素材创作的代表作。

辆窗帘紧拉、悄然行驶在被乌血染黑的夜色里的汽车，从一个殉难者到另一个殉难者。（更不要说神与自由了。）

符号（诸多符号的符号）在今天已然丧失了它们的严肃性，一频道在播放彩色影片《斯大林》，尖锐犀利，二频道在播放轻松的色情片，窗帘紧拉的汽车已不再拉窗帘（我们看到一辆没有拉上窗帘的汽车，当我们看到这样的车时，我们应该想些什么？——这是一个原则问题）。

“这不是一个好的征兆。”每当看到周围停满汽车，人群中传出直冲霄汉的火热语言，安娜的公公总爱这样讲。当安娜不由自主地注意到那两名神色好奇的男子坐在一辆停在不远处的政府车牌轿车里时，她感觉这不是什么好的征兆。可以这么说，几乎不分什么出身、信仰、理想和性别，这个国家屡遭殴打。被人殴打。（被谁殴打？其实无所谓谁，一个小国，一群暴徒。）这个国家遭到殴打，就像一个小孩子被人教训一样。人们也经常跟小孩子一样这样描述：“那天夜里，男人们被带进了委员会，等在那里的是来自布达佩斯的当权派，他们后来被教训了一顿，有的被打得肝脾破裂，我丈夫从那之后变得口吃，我的妹夫费利，则被打得丧失了性功能……他们被瓷瓷实实地教训了一顿。”

假如我们做一下统计，自 1919 年以来在安娜和作家的父母、祖父母中总共有几位遭到过国家政府级的殴打，如果我们想得到一个“更具历史性的数字”的话，似乎更应该从 1945 年算起，在那段时间里，作家的母亲曾于 1957 年遭到过警方的严酷威胁

（受到殴打的恐吓，被人骂作“婊子”——静物写生，与两个不怀好意、神色疲倦的年轻小伙子一起，在一间墙皮剥脱的灰暗小屋里），在十二个人（两对父母，两对父母各自的父母）中有六个曾被人殴打过，所占比例为百分之五十。也就是说，他们中间有的被打，有的没有被打。所有的人、所有的家庭都先后轮流遭到过殴打，在匈牙利，没有一条大街，没有一户人家幸免于难。（有一个假设也得到了证实，打手们通常也遭到殴打，当然并不能反过来说，每个人全都打过人……曾经也有人还过手，不过那是另一回事。比方说作家的母亲，当她遭到威吓的时候，出于惊恐，她条件反射地扇了离她最近的那个家伙一个嘴巴，因此他们开始骂她“婊子”。“我的儿子，他们骂我婊子，我是那么高兴……我是一个活着的婊子。”）如果仅在一个家庭里就发生了这么多的恐怖、罪恶的故事（“你舅舅今天被处死了。”），那么在全国，究竟总共发生过多少桩？有谁知道这个数字？“我。”作家果断而动情地说，那所有的一切都要他来记忆，还有所有的人。他母亲的记忆，成为了他的，不管他愿不愿意；他父亲的记忆，成为了他的；他邻居的记忆，成为了他的；义务警察的记忆，也成了他的。所有的一切……安娜做了个鬼脸，心想这是不是太多了。

手动挡扶柄上宝石般金光紫气的光芒熄灭了。两名男子温和地对视了一眼。天使的肌肤细腻得如同肥皂泡沫。从院子里传出安娜的口哨声：她正试着吹瑞·C.萨托利乌斯作于二十年代初的一首人们并不太熟悉的曲目，毫不夸张地说，它曾让整个新奥尔良疯狂。（瑞·C.，被人称为“小萨托利乌斯”；他有一个哥哥，与他的艺术观点极端对立，兄弟俩不仅相互嫉妒，而且彼此厌恶对方的音色，他哥哥与蓝调皇后贝茜·史密斯[1]一起成名——请见《空床布鲁斯》。“他在这里仿佛并不曾存在过。”人们这样讲述他，并且暗指他俩的关系。）《你脸上古凯尔特人的忧伤和那两只优美的乳房》，这是安娜吹的那支曲子的歌名，听起来俨然一支进行曲（或许由于歌词的缘故？），为家庭主妇们谱写的解放布鲁斯，比方说，妇女们上街游行，愤懑而大笑着翩翩起舞，好似投石器一般挥舞着摘下的乳罩。

5

“博胡米尔，亲爱的，当您母亲剪掉那头桀骜不驯、势如飞瀑、鬃毛般啤酒色泽的金发时，她是怎么想的？您父亲从写着‘哪里能买到好啤酒，哪里就有美丽人生’字样的办公室冲出来，三名市容管理委员会委员紧随其后，您父亲颤抖的手里攥着一支三号制图笔，他吃惊地问她：‘你的头发呢？’‘在这儿

[1] 贝茜·史密斯（Bessie Smith，1894—1937），美国著名的布鲁斯爵士歌手。

呢。’您母亲说，并把自行车靠到墙上，从车筐里抓起两条沉甸甸的辫子递给他。您的父亲弗朗茨将制图笔夹在耳根上，仔细端详了一下您母亲剪掉的头发，然后放到路边的长椅上。随手从您母亲自行车的车架上摘下打气筒。

“‘我已经打足气了。’我说，但他还是跟专家一样不动声色地摸着两只轮胎。

“但是弗朗茨从打气筒里拧开并抽出橡胶管。

“‘气筒没有任何毛病。’我不解地说。

“弗朗茨突然跳到我跟前，屈腿跪下，撩起我的裙子，抽了一下我的屁股，我惊呆了，我穿没穿内裤，有没有洗干净？是否遮挡得严密？弗朗茨只是抽了一下，周围骑自行车的人们满意地点头，市容管理委员会的三名女委员看我的神情，仿佛对我的达标情况表示满意。

“弗朗茨站了起来，我则扯下裙角，弗朗茨看上去很英俊，鼻翼翕动，犹如刚驯服一匹脱缰的野马。

“‘这么说，我的小妇人，’他说，‘我们的新生活开始了。’

“他弯腰捡起掉在地上的三号制图笔，把橡胶管塞回打气筒并重新拧好，再将打气筒放回到车架上。

“我手攥打气筒，给骑自行车的路人看，并对他们说：‘这个打气筒，我是在勃列斯拉维大街的伦卡什公司买的。’”[1]

[1] 以上情节见赫拉巴尔回忆录小说“河畔小城三部曲”之《一缕秀发》（*Post řižiny*）。小说改编的电影（中文译名《金黄色的回忆》）由捷克导演伊利·门泽尔（Jirí Menzel）执导。

"勃列斯拉维大街的伦卡什公司。"勃拉日中了魔法似的小声咕哝。天使们被禁止偷窥，比方说，不能偷读人们的思想或窥视洗浴的妇女、男人、孩子和草原狼——除非是被预先写进职责范畴内的工作任务——勃拉日虽然是一名新手，但他是一个守纪律的天使，裘裘对安娜臀部的赞叹着实令他吃惊不小，这个在堕落天使的精神影响下所作出的判断，仿佛让他听到了自己的声音，他脸色绯红地逃进了安娜的思维里；然而口无遮拦、情感丰富的安娜，未能给这位天使提供新的避难所。

勃拉日很喜欢这位妇人。他用敬重的眼神望了一下表情淡漠的坐在车内的裘裘。他心中暗想：自己什么时候可以修炼到心里只想着为上帝效劳的地步呢？而不像现在，自己的心思都被拴到了安娜圆鼓鼓的屁股蛋上。勃拉日并不知道，裘裘只要想一下他的年轻同事，就会禁不住打一个冷战，忽冷忽热的气流涌遍全身。

共产布鲁斯，无产阶级文化布鲁斯，国家委员会布鲁斯，国家安全局布鲁斯，改革布鲁斯，开放布鲁斯，美金布鲁斯，勃拉日在安娜的脑袋里翻阅着，然而此时的安娜正在吹《风流女人布鲁斯》；天使知道，这是罗伊·欧尔比逊的歌。这时，他犯了一个与偷窥有关的另一个错误，他偷窥到未来。

"裘裘，你要提醒一下你的小伙计，要让他服从于集体利益，确切地说，要让他服从上帝的旨意，既然我们已经说过了，那就没什么好解释的……在这里用不着提倡个性，用不着害怕，用不着自寻烦恼，用不着那么像匈牙利人，你再跟他说明一次，裘裘，这是我发自天庭的旨意……这件事要做得有始有终，明白了吗？！”

上帝喜欢秩序，这让我联想到托尔斯泰，比方说，他只会这样没头没脑地抱怨。他将所有的意识都掌握在他的意识之下，颁布法规，不管怎么说他都对我们负有责任——那么事情至少循序渐进，一件接一件地逐步进行……看得出来，上帝并没有把这件事从头到尾地想清楚！（尽管应该理解他，他也是在迫不得已的情况下。）

安娜伸懒腰时，周身掠过一阵轻微的战栗，仿佛在微风中打了个冷战。透过这阵战栗，勃拉日看到了未来的安娜，她躺在床上，先是感到头疼，之后浑身高烧，同时冷汗淋漓，顺着脊背和额头向下流淌，就像一件令人生厌、不合身的衣裳，随后她开始打战，从头到脚瑟瑟发抖，如同一个马达（1600型拉达轿车的马达）叮咣乱响地徒然空转，孩子们还将告诉作家：“快来，出事了！”勃拉日看到，一个小时之后，安娜也将在丈夫的脸上看到那副烦躁不安的表情，“只要我生病，只要我遇到了麻烦，他脸上总是那副表情；他的胆子要是再大一点儿，他很可能会讨厌我。”

妇人将会抖如筛糠，茫然无助，作家不得不扶住她，扶她的动作好像是要拥抱她。她浑身颤抖，语不成句，安娜上牙打下牙地想要说：

“我想，我有了。”

“你怀孕了？”作家将会怔怔地问。

“对。”

“这太好了。”作家会说。

听到丈夫的回答，安娜将会歇斯底里地尖叫，听起来就跟打嗝儿一样：“什么好？！好什么？！”作为回应，男人开始抚摸她的头发，安娜则会把他推开，声嘶力竭地叫嚷：“谁也别碰我！”孩子们都给吓坏了，同时也很生气。终于，作家也被妻子的叫嚷吓住了，风波随后慢慢平息……“这简直不可思议，博胡米尔，要是你，你会这么蠢吗……”安娜想到这里开始抽泣。最终，不是拥抱，而是另外一种颤抖，将会安慰她那颗无法安慰的心。

对于突如其来的寂静，勃拉日没做好思想准备，时序混乱，惊慌失措。

“走！”他冲正耷拉着脑袋打盹儿的裘裘大喊。尚在半梦半醒中的裘裘像是警察学院训练有素的学员，挂挡给油，车轮滚动，在街口右拐，开出一个射程的距离之后他才睁开眼睛，沉默无语、一脸责备地看了看同伴。

慢慢地，安娜的眼泪哭干了，嘴里吸溜，咳嗽，鼻孔抽气，叹息。作家坐在床沿上，弓腰驼背，像一位老翁，两手垂在双腿之间，眼镜滑到了鼻尖上，头发笔直，倒向一侧，如同一道秃裸的帘子垂在脸上。不像老翁，像老妪。

屋外突然响起拉达车的马达声，安娜从床上坐了起来，侧耳细听。她似乎忘掉了哭泣，她说，有两个人在房前偷看他们，他们坐在一辆车里。作家一动未动。那两个人诡异地离开了。

“你说什么，什么诡异？”作家机械地问妻子。安娜的话用不着留意，更用不着理解，从她的声调里就能听出，她遇到了麻烦。那两个男子离开时，安娜刚好来到院里。

“一辆这样的汽车偏就‘刚好’在那时候离开。”作家愤懑地说。不管他们想还是没想，两个人都变得冷静下来，现实起来。不过听邻居们讲，别的时候也有人在这一带转悠。他们也许在打探什么？他们确实是在打探。这是东欧式的偏执狂。东欧式的偏执狂就是这样，由于自己遭到迫害，因此具有被迫害妄想。

“但是我们不会受到迫害的，除非他们迫害每个人，他们才会迫害到我们。”不管怎么讲，安娜还是让丈夫出去看一眼；作家无奈地耸了耸肩出去了，过了一会儿他回来说，外面什么人也没有。安娜从床上跳下来，打着趔趄，伸手去抓立着的衣架，衣架倒了，她继续往前走，穿过孩子们的房间。

“怎么会没有？什么没有？一切都是真的！我听见了！”她刚挪到窗前，就一眼看到了他们，就在街上，在马路对面，电线杆后，两名男子坐在车里，正一动不动地举目张望，朝着这边，朝着她，朝着这扇窗户。“你瞧，他们在那儿，他们一直在那儿。”就在这时，那个年轻一些、留着黑色胡茬的男子扬起了胳膊，晃了一下苍白的手，仿佛在跟她打招呼，他疲惫地朝她挥了下手，然后弯下三根手指，只留下食指，男子将食指轻轻贴到自己的唇上：温存地向安娜示意，让她不要出声！

安娜的脸红了，一声不响地转身离开，陌生人的这个举止对她来说也很意外，让她困惑不解。一家子人都盯着她，三个孩子加一个男人。她耸了下肩。安娜不想看见镜子里那个蓬头垢面的女人，那个疲倦不堪、眼圈乌黑、哭丧着脸的女人，她把手放在小腹，噘着下唇喃喃自语，似乎想说：

“不，不，不，不。”

6

空空荡荡。次日清晨，空空荡荡，街上没有一辆汽车，作家在屋里埋头工作。“你看，博胡米尔，亲爱的，现在只有我们两个人。人们都去打猎了，射杀之后，他们把猎物扛回家，然后烤熟，一口口地吃掉。”

安娜喜欢讲话。

“我要烧肉汤。我想在家里尝试一下‘一碗汤就像一碗饭’的想法，他们会抱怨的。而且还会吧唧嘴。做饭我是从婆婆那里学会的。我不是个感恩之人，但是说老实话，我从自己的母亲那里什么都没学到。我本该从她那里，从我父亲那里，从我哥哥那里学会害怕，害怕体制，害怕单位，害怕一切的陌生，害怕生活，害怕上帝，害怕谋算，害怕彼此，害怕自己，害怕恐惧，或者说让自己不知道恐惧，这一切本来是我应该学到的，但是我什么也没学到。我本该从我寡语、顺服、被吓坏了的母亲那里学到少言寡语，温良顺从……”

安娜和她婆婆（未来的婆婆）的命运是在 1970 年 1 月交织到一起的，当时她只有十九岁，坠入了妇人儿子的情网，妇人则喜欢上了安娜。安娜被男孩带到这里，他们现在所住的地方，并介绍给了未来的婆婆。女人观察女人，安娜看出男孩的母亲特意为了见她而化了妆，唇红显然是刚刚涂的，后来她在浴室里注意到，镜子上面的灯泡烧了，只有棚顶的灯是好的，于是她能够理解妇人脸上为什么堆了那么厚的脂粉，开始她确实被吓了一跳，因为妇人脸上的妆化得实在太夸张了，夸张得近乎怪诞，仿佛在一片无人之地堆了一堆水泥。

“我的公公看上去是一位倔强汉子，他看起来也显得郑重，温柔，和气，那是一次真正意义上的做客。阿姨，叔叔，她喜欢这样称呼他们——他们就这样商量妥了。在生第二个孩子时，他俩开始以你相称。莫非因为这次生的是个男孩？莫非由于我能为他们的儿子生一个儿子？莫非因为这个儿子以后可以继承他们的家姓？在我丈夫家那样声名显赫的大家族里，这该是多么令人兴奋……现在您说说，老博胡米尔，要是我的家姓没人来继承，那又能怎样？……再者说，我的家姓太卑贱了，没有必要传下去，就让它自生自灭吧……卑贱与高贵就这样结合到了一起……

“虽然，也许是我错了。这是‘卑贱者’对‘高贵者’的思考。他们或许想要获得永生，所以才没有忘记，所以才不愿忘记……所以，他们不仅借助这种方式，通过孩子们活下去……他们还有别的考虑，比如说……别的……让时间活在他们的体内！时间在他们的身上累积着，我们祖辈的时间，我们祖辈的祖辈的时间，历史的时间，国家的时间……或许，这也太夸张了。不管怎样，在这种家庭团聚的场合，我的公公和我丈夫他们，他们的兄弟姐妹，无论颓丧还是忧悒，仍能在他们身上看到这种沉重的团结。不管他们知不知道，不管他们愿不愿意，不管是好是坏。”

“你们之所以能够抱团，从客观上讲，是因为你们不是一场少女梦。”许多年后，安娜才总结出这个经验。无论有意无意，这种抱团的结果，使得一家人分化出“陌生人”和“非陌生人”。妻子们是陌生人，不过没有人敢或者想把这个事实说出来。“在某种意义上，这些人把自己的母亲都视为陌生人。”一群怪物。怪物们知道的东西少得可怜，痛苦毁灭的并不是他们。在那些陌生人中，有的不安，有的胆战，有的平静，有的感恩，但是他们中的每个人都在癫狂粗蛮或者精心策划中找寻机会，或多或少地获得了补偿。他们同时拥有维持家计的能力和毁灭家族的残忍。

“你在用胸脯救一条冻僵的蛇。”

“我没有胸脯。”作家板着脸说（以某种方式，他自己也扮演妻子的角色，“就像海顿身边的女人”）。

“好在你们没有权势了。”

“对，这样很好。这对每个人都好。”

安娜的那句话就是在这个时候说出来的：从客观上讲，作家一家不是一场少女梦。

“不错，从客观上讲。”作家一边脱衣服一边傲慢地说；一颗有隔膜的心灵，一个可以对抗的男人。

“不管怎样，我想假设一下那个场景，比方说在几百年前，我告诉我公公，告诉那位态度冰冷、有时也很开明的霸王：‘爸爸，我已经作出了决定，我们马上要出生的这个孩子，您的孙子，将要继承这个无法复制、充满荣耀的名字——赫拉巴尔。’喔，他们肯定会不假思索地予以反对，根本不会问赫拉巴尔是什么人。他们只是遵照常规。因此，贵族家庭的这种自我保护非常可爱。这是他们保护自己的方式。我真想跟我丈夫一起抱着孩子，抱着一个真正的赫拉巴尔，毫不留恋地放弃信仰，迁到我们稍有反感的布拉格。在那里，只有我婆婆偷偷给我们定期寄去的生活费，能让我们回忆起从前那种奢华的生活，博胡米尔，为了您，我情愿抛弃那一切。

“当我有生以来第一次与公公独处时，我只是看着他，冲他讪笑，给他唱《免税布鲁斯》。

> 可爱的小伙儿 / 你为什么烦恼？ / 烦恼能有什么用？ /
> 我爱你 / 别再烦恼 / 忘掉它吧 /
> 只要你也爱我 / 忘掉它吧 /
> 请不要填 / 那张可恶的 /
> 退税表 / 天已经亮了 / 别再烦恼

“我们互相看着，他扬起眉梢，我则抱歉地耸了耸肩。

“‘这个主意是你给我儿子出的吧？’他生气地说，并且轻轻拍了拍我的脸。幸好，他没有当真。‘不过你要知道，存在那种可以区分税收与关税的公共经济学理论。’他补充道，而且让人感觉……并不亲切，好像话里有话，看起来他还当真了。”

安娜被她公公的风度所吸引。他的额头，他的眼睛，显得十分高傲，确切地说是自豪而谦逊；那双透着讥讽的眼睛，安娜从他的一位亲人的脸上早已熟悉；他的笑声，更像是笑给他自己听的，突然爆发，戛然而止；他讲话的方式顽皮风趣，格外聪明，极富智慧！他花白的头发（或者反过来说，好像白发中长了深色的头发），布满鱼尾纹的眼角，他的手让人感觉沉实有力，体型清瘦，跟学生一样，他与儿子之间的相似并非表现在身体的哪一部分，但是即便如此，他俩之间在本质与特征方面仍有着极度的相似之处；或许在于他们的沉默，他们一声不响、竖着耳朵偷偷地窥伺，他们窥伺的远远不止是效果，更是结局（是否流血？情况怎样？），他俩的宁静十分相似——沉默，成了他们身体的一部分；他是一个有魅力的男人，安娜开始只能这样想（后来也会想一些别的）。

一月份的天黑得很早，不过光线还是挺亮；但是厚重的深棕色窗帘已经拉上。安娜的婆婆不喜欢阳光，似乎对阳光充满怨愤。安娜从来不明白这是因为什么。（也许她头疼的缘故。婆婆经常一连头疼几个星期，但是家里的日常生活并没有怎么改变，妇人的脸上毫无笑意，她面部痉挛，仿佛笼罩着面纱或是毛皮外罩，或者不如说那是生无可恋的表情，带着一道清晰的阴影，但她还是照常完成所有的家务；只是比平时更需要安静，仅此而已。作家是家产的继承者。“在这些家族里总是存在着继承者……”）深棕色的窗帘，质地发光的深绿色被套，十分惹眼的黄绸灯罩，棕色，绿色，黄色——这些颜色深深刻进了安娜和她丈夫两人的意识里，看上去很滑稽，他们为此感到滑稽，可是后来，他们在自己家里也不由自主地寻找这些颜色，找到这些颜色。

人们在慢条斯理地喝咖啡时拉帮结派，结成一对对同伙，结成短暂的、并不可靠的、目标不甚明确的攻守同盟，即使他们自己并不这样认为，但这样的同盟确实存在。让安娜吃惊的是，各对同伙间的快速更换，这与成功与否并无关联（两个女人要比其他的人都更有效力，也更倒霉，正像大家所预期的那样，她们是年轻的一对），让安娜感到吃惊的并非游戏本身，不是频频更换过程中的近乎无耻和缺少个性，不是其中稍带的被动懒惰（就跟任何游戏一样——安娜当时并不懂这些，她是在作家身边学到的；游戏的严肃性是一回事，游戏之外的严肃性是另一回事），要知道这一切是由两位严肃的成年人安排的（因为她婆婆看上去就非常严肃，而她的公公总是不厌其烦地反复告诫），真正让她感到吃惊的却是成年人的混乱。在她父母家里，一切总是井然有序。

她身上穿的那件浅绿色衣裳是她自己缝制的，所以一边肩上的布料有些抻着，出现了一些细小的波纹，无意的皱褶，因此在她时刻不停的揪拽之下，她乳罩的肩带露了出来（在锁骨的部位）。“那件您自己缝的小绿衣裳。”只要作家提起这件衣服，他总习惯这么说。衣服的不对称，会让人误以为是由于乳房的不对称引起的。似乎一侧的乳房比另一侧的大。其实她两侧乳房一模一样。“看看我的闺女们，是谁遗传了我的身体。我有两副身体，其中一副较为消瘦，较为精壮，较为有力（‘无数个’的身体），这是我在我丈夫跟前展现的身体，另一副身体则较为圆实，较为温和（‘八个’的身体），我的大女儿得到了我的这副身体，小女儿得到的是另一副，现在倒好，我又怀上了第三个。这是一副饱经折磨、被孩子们和流逝的时光毁坏了的身体，这是一副越来越沉重、越来越臃肿的身体，不过我跟它处得不错，相安无事，我试图这样那样地强迫它，总之，我试图对它加以控制，想让它尽可能地轻一点儿小一点儿，可是它并不听我的，哎，不听就不听吧。

“上次，最小的女儿叫嚷着从浴室里跑出来，一副哭腔：‘哟咦哟咦哟咦，淹了！’‘什么淹了？淹了什么了？’孩子的父亲紧张地问，显然，他首先想到的是房子可能出了什么事。小家伙咧开嘴哈哈大笑：‘淹了，水把妈妈给淹了！’我丈夫和三个孩子全都站在浴室门口，一起咧开嘴哈哈大笑，活像一组四胞胎。他们连连点头，表示同意：没错，说得很对，确实如此，洗澡水真把妈妈给淹了。他们的表情看上去好像是心疼洗澡水。我也跟着他们笑了一阵，但是很快止住了笑。”

“我们走，让男人们自己待着吧。”作家的母亲告诉安娜，然后两个人一起走进厨房。婆婆观察她，看着她将咖啡壶放到火上，然后习惯性地刷了两个盘子。看到这些她感到放心，她在这个清秀消瘦、远道而来的女人身上看到了自己（虽然，这位刚进入这个大家族的陌生女孩尚不懂规矩，但不能一下子把她吓住，需要让她慢慢适应），因此，在开始的阶段，婆婆对安娜小心谨慎。与其说冷漠，不如说生硬。不过，初次见面她就喜欢上了女孩。她很耐心、持久、精确地扮演了“母亲第一次戏剧性地跟自己儿子的劫持者见面”的英雄一幕，但她对扮演这一角色越来越烦，经常觉得自己好笑，并且自嘲地挥挥手，安娜由此看了出来，她俩在一起会处得挺好。

她摸了摸安娜的脸。她的手柔似绸缎，动作很轻，味道好闻。皮肤红润，寒毛柔软。

“以后你也会变成这样！”她一边打量安娜的脸，一边小声告诉她。

她猜测，安娜是她儿子的甜蜜情人。每到星期三和星期五，她都主动给这对年轻人创造亲热（做爱）的条件，准时得就像大学里定的课程表。当母亲的不仅不刨根问底，而且毫不担心地成全儿子，这让作家也颇感意外。若不是妇人盯着马路对面钻天杨上并非毫无价值的树梢出神，或者眺望寂静无人的游泳场那令人兴奋的空旷，由于安娜迫不及待地提早到来，两个女人好几次差一点在门口撞个满怀。在那些天的上午，妇人总是精心打扮（莫非她以这种方式进行参与？不，这么讲太夸张了），尤其她穿上那套面料柔软的黄色套装时，显得气质格外高雅，蓝扣子看上去有巴掌那么大，这是她讨厌的嫂子从米兰寄来的。从这身传统的装束上看，仿佛她是去电影院，而且让人感觉她只会去看匈牙利电影；绝对与时下的新潮相悖，库萨的《判决》、嘎尔的《高高的学校》、萨布的《情爱电影》、马克的《爱情》，她最喜欢的导演是扬裘。

她有时压低嗓子问儿子：“你们为什么要用整整一上午？”“妈，那您想我该用几分钟？”安娜回忆道：“我丈夫说，婆婆差一点就回答出来。就这么来去几个回合，倒也增进了我俩之间的密切关系。与其说我们是为了争夺她的儿子而战，不如说我们共同分享她的儿子。”

“虽然她喜欢我就跟喜欢闺女一样（她只有儿子），但没有送我们全自动洗衣机。所有的东西都是他们买的（我们丝毫没有为此感到难堪），她很快给我们买了一台东德制造的洗衣机，同时还买了一台甩干机。我不明白她为什么要这样。想来她也有四个孩子，她应该知道什么是洗衣服。

“我看到，我那有恋母情结的宝贝爱人在偷偷用眼睨我的掌心，试图寻找他母亲的手，但他始终没有找到；擦手油的擦手油，氟辛纳软膏！虽然我的手掌也挺粗糙，可惜那是另一种粗糙——很遗憾，我的大男孩……

“难道我婆婆想让我懂得什么是洗衣服？可是为什么呢？想来她心里很清楚，非常清楚，清楚得不能再清楚，假如我能够懂一点儿事的话，那我肯定应该懂得什么是家务活儿，不仅肯定懂得，而且还会一辈子守着她的儿子和她儿子的儿子，没完没了地干活儿。她还想要怎么样？我知道她心里非常清楚。‘希望你能用着顺手，我的孩子。’她自鸣得意地点点头说。她的这一举止可以用很多的词汇予以形容，但是最精确的是‘缺德’。她不希望我的生活会比她的好一点。

“我当天就把洗衣机换了（换成一台和她用的一模一样的全自动的）。她没说什么，只是和蔼地、并不带丝毫气恼地从头到脚打量了我一遍。我可怜的婆婆并不知道，我从生了第三个孩子开始就已经变得娇气偷懒，甚至提早备好了维也纳尿垫，我将用尿垫替代传统的尿布……您知道为什么吗？博胡米尔？因为我讨厌给孩子换尿布。您知道为什么吗？因为太臭。现在您该明白我了。另外，您的同行总是回避孩子裹着尿布的那个部位，他在这方面很有一套。可以说是‘政府级别’。绝对是世界文学！另外，他还回避孩子的哇哇哭嚷，其实孩子们并非在哭，他们的哭嚷反映了各种问题，不过有谁乐意对‘咿呀’与‘哼唧’之间的细微差别进行辨别呢？更不要说快乐的哭声了！况且，他有办法让自己听不到孩子们的哭嚷，有什么办法？‘门’，他呵呵笑道，只要关上房门就可以了。我们的孩子也属于能够哭着哭着睡着的那种类型，这一招儿他已经试过百遍千遍，确实见效，我可怜的小家伙们吓得直尿裤子，被关在门后哇哇哭，这是他在文学圣坛上祭献的牺牲品，他并不在乎。”

“啊哈。原来你是这样的人。”作家的母亲心中暗想，“在你们以后的日子里，需要你这种倔强。”后来，她向安娜讲了许多故事，讲述她的生活，讲述她在这么多男人中间生活是何等的艰难！虽然在抱怨，但颇为自豪，“艰难”，她的话最后总是落回到这个词上；甚至有一些话，她从来没有跟儿子讲过，但她可以告诉安娜。或是出于良心，或是出于自责，安娜把婆婆讲给她的故事有所选择地（只将其中的一小部分）转述给作家。

“婆婆一家于1957年搬到这里，原来的房主远去他乡……有一句玩笑，您听过吗？为了历险而留在家乡……博胡米尔，战争前我丈夫的家族非常富有，富得吓人，这么说吧，即使把贡托拉德医生[1]与啤酒厂董事会绑在一起，也比不上他们家族那么富有，简直就像天方夜谭。”这时候，安娜偷偷睨了公公一眼，试着将他想象为一位王子——事实上，男人确实是被当作那类人养大的，他被训练成一位执掌一个地区、凌驾于民众之上的统治者，成为他们的主人——安娜试图从公公脸上窥伺到王子的面孔，但是她看到的只是一位满头银发的男人，一位颇具魅力、沉默寡言的父亲。

1951年1月，他们举家被遣送到外地。

安娜珍藏着一张摄于1952年的照片，那是婆婆有一次塞到她手里的。

“你把它收好，我的孩子。”她命令说。

照片上，三个农民站在田间，几个世纪的辛苦劳作使他们的胳膊疲惫地下垂，骄阳似火，紧系的衬衫领口遮住了半截粗糙的脖颈。他们之间没什么区别，他们的父亲看上去是这副样子，他们父亲的父亲看上去也是这副样子……其中一个站得稍稍倾斜，看起来比另外两个人站得倾斜一点。脸上挂着面对照相机镜头时应挂的微笑，眼里流露出极度的疲惫。在他比常人略高的额头上，汗珠子晶莹闪亮。他三十三岁。正处于生活的最低谷：被剥夺一空，被碾得粉碎。然而，他正值人们常说的“壮年时代”。他一无所有，只有家庭，可是家庭又有什么用？

[1] 赫拉巴尔回忆录小说《一缕秀发》中的人物。

他能用三种语言写作、阅读、谈话（如同中了头彩），他是法律学和国家政治学博士；他是王子。在炎热的夏日晚上，在沉重苦寂的夜晚，他挂满泥土地回到家，儿子在门口等着他，那是个两岁的正在咿呀学语的金发男孩，他的名字在安娜看来，丝毫不是男人的名字。

斯大林死后，劳改营的大门打开了（“这些劳改营并不是死亡营，不管怎么说，那里并没有纳粹军人，只有秘密警察，虽然他们打人，不给饭吃，但还是不能拿它们跟布亨瓦尔德或贝尔根－贝勒森的集中营比，劳改营里打人，平白无故地打人，而在布亨瓦尔德集中营里则是平白无故地杀人，平白无故地将人送进毒气室，在我看来，这里连劳改营都称不上，我也不知道应该叫它什么，这里如果有谁生了病，会被送进疗养所，被送到阿契医生那里，他会说，‘你应该到矿井下去干活，因为你的关节红虽红，但并没有肿得那么厉害。’他要么就说，‘肿虽肿，但并没有红得那么厉害，所以他应该到矿井下干活。’只有当你病入膏肓、又红又肿的时候，才可能躺进疗养所，躺在地上的草包上。”），卫兵拍拍劳改犯的肩膀，“再见了，老伙计，你终于熬出头来了。”仿佛什么都没有发生过，他们还让大家在一张纸上签字，证明确实什么都没有发生过，并且撤除了那些上方指定的管制住所。

被遣送者陆续获得释放，他们遭到了不公正的待遇，他们显然并不是恶棍，只不过是劣等阶级而已——他们不能直接迁回布达佩斯，通常选择首都附近的乡村落户，从普玛兹到依尔德。“我先生告诉我，他们于 1954 年 5 月搬到乔班卡那套永远昏暗、半地下室的底层公寓，墙边总要放一个大号的铁锅，到了晚上就可以积满一锅水。出于某种原因，他不无自豪地回忆说，铁锅满了，或许这能表明他激情的强度——我婆婆在那里等着他们，她当时的年龄跟我现在一样，孩子们攥着父亲的手，屋子里堆满了玩具，这儿有一头笨拙的（破旧的！）狗熊，那儿有一只带斑点的皮球，还有一列用尼龙线和沙丁鱼罐头（黄色，丹麦产）的空盒串成的小火车（在锯末里拖出一条‘铁轨’，效果很理想），所有的这些以及装出一副喜庆面孔的父母让孩子们以为：圣诞节到了。他们并不在乎天气很热，‘树在哪儿，圣诞树呢？’我婆婆在房子前的松树上晾满了洗好的衣服，彩色的衬衫、内裤，红的，蓝的，黄的，白的，她抬手指告诉孩子：‘在那儿，圣诞树在那儿，就在那儿，你们看！’……”

很长时间，作家和他的兄弟们都跟父母以您相称。

“妈妈，求您了！您能不能告诉小耶稣，请他把这棵圣诞树搬到屋里来。”——这棵树可真大真漂亮啊！是啊，小耶稣当初就该想到这点。不过，他们以前从来没有过那么大的圣诞树。他对小耶稣的古怪脾气感到不解。那时候，作家的父亲猛地拍了一下桌子，桌上的杯子和餐具颤抖了好久！这一天，男人正满三十五周岁；人生的一半长满了阴森的密林。

7

勃拉日对他们自己化身的凡人形象的社会、历史背景并不了解，他并不知道什么是警察、秘密警察、军人和消防队员，一般来讲，制服和权力（权力本身）在市井人的意识里也混淆不清（不管怎样，对于这种怪诞至极的诺斯替观点，认为下凡的就都是路西法，我并不喜欢），天使并不知道——噢，这只是细节！只是细节！——“当医务官拆开他手上的绷带，他的手已经彻底烂掉了，臭气熏天，竟让少校感到恶心”；他并不知道，“当那位国家安全局的医生将截肢的手放到水桶里时说，您以后再也不能弹钢琴了”，他的话至今都被证明是正确的；他并不知道在车斗里，“在脏衣服堆下躺着昨天死掉的有着上尉军衔的军事法官”；他并不知道在 1948 年，在负责经济问题的警察部门里尚且慎重，打个比方，假如谁的父亲和叔叔被抓了进去，其中一个被打，比方说，遭到了暴打，那么另外一个将会被释放；他并不知道在暴打之下，差不多每个人都会在任何材料上签字的，只要先鞭挞脚掌，然后再让他鲜血淋漓、皮开肉绽地在碎石上行走，只要在他的腰上猛踢，直到肾脏破裂，只要用皮靴狠踹他的后背和胸口，直到折断每根肋骨（即使今天喘气的时候，他都会疼得口眼歪斜，叹气的时候都会眼神古怪），只要刺破他的鼓膜，只要动作粗暴地将打火机在他眼前猛晃（假如我们是风华俏丽的十八岁姑娘，那么这一招会更加奏效），只要拔掉他的指甲，往他的肺里灌奶，或者在他的阴茎上通电……他并不知道，往人的鼻子里灌水并使被灌水的人发出呼噜呼噜的尖叫，非出于执法者的恶意或偏执，而是出于实用的原因，这样不会留下刑罚的痕迹，不会流血，没有骨折、紫斑、脓液，没有发炎的创口、肿胀的关节、撕裂的肌腱、敲掉的牙齿和碎裂的骨头；他并不知道，用湿布缠头并不是布尔什维克想出的邪招儿，这个手段根植于所有靠狩猎、打鱼、捕鸟为生的民族传统，甚至，为能确保使人窒息，运用浸湿的兽皮；尽管天使知道行刑者近距离枪击，但并不知道，他们次日会重新用水泥铺平整个广场，因为他们在夜里未能将地上的血冲刷干净（显然，他们事先没有想到这一点）；尽管天使知道他们近距离枪击，但并不知道，他们会在天上从飞机上射击，就像一场空中围猎；尽管天使知道他们近距离枪击，但并不知道，三十三年后他们虽有点支支吾吾，但毫不犹豫地矢口否认（+退休金）；尽管天使知道他们实施特赦，但并不知道，他们是在绞刑架前宣布特赦令；尽管天使知道他们把人埋在了监狱的院子里，半夜三更，就像对待一个不可饶恕的窃贼一样，但并不知道，他们在院子里堆满家具，是为了遮挡别人的视线；尽管天使知道他们把人像狗一样地掩埋，但并不知道，他们将人用电线捆绑，裹在包装纸内，将本来骄傲伸展的四肢折叠紧缚，然后脸朝泥土地埋在乱坟岗中，埋在长颈鹿、大象、鬣狗和豺狼的骨骸之间……坐在拉达车里的两位天使对这一切毫不知情，他们并不知道，从自己的四周，从房子里窗户里烟囱里姿势里步态里眼神里流露出来涌向他们的……并不是爱。

裘裘意味深长地望了一眼勃拉日那张窄长、英俊的椭圆形面孔，望了一眼他那透过胡茬的棕色皮肤和投在皮肤上的皎洁月光。

"不要感到吃惊，我的天使。任何地方都不是用爱统治国家的。你看看四周，从纽约到北京，从斯德哥尔摩到悉尼，从贝凯什乔巴到久拉市，顶多是靠法学。而且还不是法律，只是法律理论。让人联想到蜘蛛的腿。影子的世界。"

"充满了幽怨。"

"这个我也不知道，老伙计，用不着这么大惊小怪……用爱只能执掌星辰，所有的星辰。"裘裘知道，另一位天使已受到了惊吓，他轻轻摸了摸同伴乌黑的头发。

"上帝怎么可以对此不闻不问？！为什么呢？"勃拉日小声嘟囔。手动挡扶柄上的红宝石光芒似乎也在提出抗议。

"审度啊，权衡啊，就跟药剂师一样地称啊量啊，可是结果又能怎样？！从神学上讲，这个早就确知无疑。我肯定没有中全彩……照我看来，我就连一次打胎都没本事阻止……也许我能？！"

就在这时，安娜跨出了院门。她是去买东西，还是去看医生？年长些的男子将岁数小些的男子从车里推出。

“你跟住她，不要走神。”裘裘从牙缝里说。他甚至没抱丝毫的嫉妒，而是悄声耳语，“没有时间，只有情感。”随后狡黠地点了点头。“只有真实的，才是真的。”勃拉日朝他瞥了一眼。

“喔，这真可怕！”勃拉日嘴里说着，已像一个疯子似的心怀痴想地跟在妇人身后，妇人佯装毫无察觉。

“我的天使，现在我不想跟踪你的小同事了……我不可能盯梢所有的情欲……在这种事上我可没有那么多的时间！”天使听到上帝的声音，禁不住闷声发笑。“你们这两个家伙的所作所为真是可怕，实在太可怕了。”没有人应声。上帝疲惫地叹了口气。“这该怎么办？”与其说是询问，不如说是陈述，这是一句严肃的陈述：这该怎么办？

“我的上帝，您是嫉妒勃拉日了。”

“猫头鹰说麻雀‘大脑袋’。”

“什么意思？”

“没什么意思。我说完了。”

“和撒那[1]，全能的智慧！”（脸色阴沉下来。停顿。）

---

[1] 犹太教和基督教用语，原为“求主拯救”之意，现用作称颂上帝的语助词。

8

“我对烧汤并不是特别拿手。我觉得，烧汤等于耐心加原料。我没有耐心，讨厌去农贸市场。肉汤，是公正之钟，容不得欺骗。烧一锅法式蒜蓉汤或芹菜奶油汤——需要心灵手巧。这么说吧，得要施展魔法。我认为我集很棒和很糟糕的家庭主妇于一身。我尤其不是一个含蓄的女人。

“不过，在做肉方面，尤其是做牛肉、奶牛肉，还有俗称‘西冷牛排’的腰部嫩肉，没有人能够胜过我。即使能够胜过，也区别不大……话说回来，做西冷牛排也是一件优雅的事。（不过比不上做肉冻，这方面可以去问我丈夫——您肯定不会相信，博胡米尔，我丈夫会做肉冻，而且做的肉冻格外地道，味道好极了，绝对不是糊弄人的那种……用他的话说‘不可仿效’，所有的知识都要在你的脑子里，所有的原料都要放到锅里，然后等着……）

“有生以来我做得最好的一次西冷牛排，是为一个陌生人做的。也不是彻头彻尾的陌生人，他是一位邮递员，一位郁郁寡欢的邮递员。就在我为他开门的刹那，他突然变得郁郁寡欢。这一点您很在行，博胡米尔。门开了，一个人忧伤地出现在门口。显然他一直在注意我，我也一直在注意他……以后总有一天，我会为您做饭的，做山珍野味。而且我会毫不羞涩地端上捷克风味的面团子。将捷克风味的面团子端给一位捷克人！您看，亲爱的，我为什么不尽我的所能多做些呢？孩子们跟我丈夫一起将胳膊肘拄在厨房里的餐桌上，吧唧着嘴，或许不用我说您也可以想象得出来，他们一边吃一边吧唧嘴，我看着他们吃饭的样子。菜里有李子，您别担心。他们埋头吃饭，一声不吭，丝毫没有三流小说里描写的那种瞎编乱造的父子情深，说他们狼吞虎咽都不过分，他们偶尔抬头互望一眼，然后瞟一眼我，再看看捷克风味的面团子。他们当然想喝啤酒，为了消除春日的倦乏，而且想喝 Gosslar'sche Gosse 牌啤酒。我猜。

"听到门铃，我打开门，邮递员开始愁苦地叫喊，吸溜着嘴，涕泪横流，他由于羞涩想要克制，结果发出歌唱似的尖细呻吟，仿佛是一部分声音被扼在了嗓子眼里。他四十岁左右，跟我现在的年龄差不多。"

这件事已经发生在十年前。安娜喜欢那套狭小的公寓，他们的生活从那里开始，虽然面积只有四十八平方米，但是感觉始终是五十二平方米，因为他们是按五十二平方米买下的，只是在卖房的时候量了一下，发现只有四十八平方米——不过即便如此，他们在房价上也没再退让。他们那时虽然已有两个孩子，可是仍未觉得房间狭小，但也确实谈不上宽敞，作家写作的时候，只能到处东逃西躲，有时逃到图书馆去，大多数时候还是躲进厨房里，因为他喜欢待在家，喜欢在家工作，他喜欢全家人都能在家，并且保持死一般寂静，"我喜欢听他们喘气的窸窣。”他夸张地讲。他把工作时间调整到夜里，中午起床，直到天黑都悠闲晃荡，等待所有人坠入梦乡。

“你爱我吗？”

“当然爱，只是你们赶紧睡觉吧。”

一个（跟白鼬一起）坠入爱河男人的绝妙写生，在七十年代后期……由于安娜一家生活美满，可以说毫无苦涩并充满了希望，所以不难理解，他们即便住在一套小公寓里也并不嫌狭小；现在，每当她回想起那段时光，就会看到三十岁出头的他们自己，坚强，平和，感觉良好，胸怀理想，拼命地工作，每天的日子都阳光灿烂，许多人到他们家做客，并不是什么“社会名流”，而是他们的朋友们，几乎每天晚上都有人登门，总有半生不熟的人“上来坐坐”，所有的人彼此都寄托着希望，寄托着某种良好的希望，所有人都将在这个世界上做一些有益之事，安娜会烧喷香的饭菜，年轻男女的腰肢在夏夜里扭动。她甚至看到，他们的生活正在眼前展开，充满欣喜。

公寓就是他们的家，这个家宽敞明亮——他们喜欢这样沉溺于幻想。只要有一扇所谓的“观景窗”，只要有一面墙上挂了镜子，效果都会格外显著，这样一来，由墙壁切割出的小匣子，就会变得无限宽广，向天际延伸，坐在屋内，俨然一位宇宙居民，在家里，月牙儿和尚未整理的书架是地位平等的伙伴。“我觉得，当时那些来找我们的人，都能够感受到这种无限的宽广，都可以获得这样的机会。”

“我听到他在怨艾地嘟囔，博胡米尔，那位孤苦伶仃的邮递员一跨进这块圣地就开始哭泣，无限，星辰，关爱，友情，未来，可是我的宝贝，邮递员落泪并不是为这些……

“他之所以哭泣，并不是为了这些。毫无疑问，是因为女人。他把信递给我后，站在那里小声啜泣。我请他坐进厨房里。我想吃西冷牛排已经好几天了，我早就把肉腌在了蒜油里，然后寻找一起吃它的人。我们期待他们来吃晚餐。

“邮递员突然再次失控，开始号啕大哭。我吓了一跳，男人的哭声实在可怕，这使我联想起父亲在 1956 年……他看我的眼神，仿佛我应该知道什么，或是该由我提供解决的办法，邮递员告诉我说，他背叛了自己的妻子，现在非常幸福，然而他的妻子偏偏跟他的母亲结成同盟，想要偷走或剥夺他的幸福，不过她们说得也对，不能拿孩子们当儿戏，他之所以痛苦，是因为他得到的幸福是非法的；然而现在，当他跟那个女孩一起时，他终于找到了自己的存在，成为了自己想象中的自己，她是邮局的一个年轻姑娘，美貌清新像一朵小雏菊，能从他的目光里读出他的所思所想，并能让他体会到他至今为止从未体验过的爱情游戏，比方说，她整理头发的动作，只有他才会留意到。另外，他无法忍受生活在谎言里，这对他来说简直是地狱，他的妻子大学毕业，他只是个邮递员，不过他俩之间从未因此引发过冲突，当然，他也通过函授学习神学。有一次，他感谢妻子为他叠衬衣，他的妻子突然放声大笑（要知道，她是一位建筑工程师，不是建筑师或建筑工人，这些职业迥然不同！），简直就像在电影里，她边笑边说：如果我丈夫感谢我为他叠衬衣，那么我丈夫肯定有了情人。男人回答：她说对了。

“您可以想象，博胡米尔，我当时处于什么样的境地！肉慢慢地熟了；当我夹起它时，我可以通过肉的弯曲和质感作出判断。我是在滚油里煎的肉，并且稍微盖了会儿锅盖，焖一会儿对牛肉没有坏处，玻璃罐里还剩了一些变酸了的龙嵩叶，我跟往常一样，心不在焉地将龙嵩叶撒在肉上，打开一瓶威拉尼产的勃艮第葡萄酒，并一脚将邮递员的背包踢到一边去，一切准备就绪。那人问也没有问我一声，就拿起了刀叉，我不得不喝止他，让他等等我。这时我忽然想起了荷兰豆和蘑菇，我用汤匙舀了一些铺在牛排上。博胡米尔，这件事发生在1979年秋天，从那之后，这种柔嫩、带血、酥软、味重的牛排我再没有做好过……

“我的丈夫，您的同行回来了（我并没有把责任推到您身上的意思）。当时我们已经在喝第二杯葡萄酒，我将那可怜的家伙拉到门廊，拖到屋外，以免他在昏暗的厨房里面无血色。”

作家差一点叫出来：这个陌生男人是谁？幸好他看到了邮递员的背包。

“你能想象吗，”安娜指着邮递员说，“有时他坐在午夜的黑暗里，像一个陌生人环视自己的家？”作家点了点头，只要能理解的他都会理解。他的感觉并不太好。沉默了片刻，他忽然问:“信怎么办?”“什么信?”“要送的信。”“只剩下一条街还没有送。”作家走进厨房，从巨大的背包里掏出信件和邮包(他有生以来第一次将手伸进邮政背包)。安娜开始在外面吹“宝贝小子”的《小约翰》。

小约翰/问他的父亲/爸爸，上帝在黑暗里/能不能看见?/

上帝在黑暗里/什么都看不见/小约翰/

只有爸爸/只有爸爸/在黑暗里头能够看见。

他扫了一眼狼藉的饭桌，为剩下的饭菜感到担心。在他眼里，安娜和邮递员仿佛坐在一道帘子之后，安娜吹着口哨，哼着小曲，邮递员则摇着脑袋低声怨语。

他把明信片、信和报纸都塞进了信箱，他挨家挨户地递送邮件。一条弯曲的小路通向山冈高处，美妙，生动，环行盘绕，就像螺旋削下的苹果皮。山顶上，作家收住脚步，扭头张望。山谷里的灯火已经点亮。“上帝在黑暗里什么都看不见，只有爸爸，只有爸爸，在黑暗里头能够看见。”他自言自语。他想起了父亲。他不仅体会到送信本身的意义(“传递信息”，“为他人服务”)，而且还唤起他“完成了一项工作”的良好感受。这项工作由我们中的某一个人开始，由另一个人完成。他回到家时，屋里只剩下安娜一人，他微笑着说:

“我还得到了小费呢。”

“你想通过送信，让自己显得能比你实际的样子更好一些……”

“那还用说。不过我在黑暗里能够看见头。黑暗，亲爱的……”

他们俩出于各自不同的原因，感到心情舒畅，只是安娜试图避开丈夫的视线。当冲着牛腰肉来的客人们进门时，安娜笑着搂着他们的脖子。

“嗨……你们能来，真是太好了……这一天总算可以这样结束了。”

从那之后，布达佩斯有一些人便将那些并不存在的东西、承诺、将会发生的结局、集欺骗与自欺为一体而不失奇妙的奇妙机遇称做“安娜处女牛排”。全布达佩斯，只有两个人对这种说法另有理解。

9

（伯特兰·罗素，理发师的守护神）

根据军规，军旅理发师只能为那些不能自理的人刮胡子，如果理发师自己想刮胡子，他本来能给自己刮，可是根据军规，他不可以给自己刮胡子，除非他丧失了自理能力，那时他才可以给自己刮胡子。只有在不能的时候才可以，或在可以的时候却不能——骗子将会骗人，是否我在骗人？

这就是所谓的“罗素悖论”（抱歉，这只是该理论的一个大众化投影），塞恩认为，它特别让弗雷格[1]尴尬不已。（名声很好的戈特洛布·弗雷格！在这群人里还要提到“布拉格夜莺”卡列尔·戈特[2]——其实，我并不想揭别人的短处，伟大的利奥波德·克罗内克[3]曾经指责集合论之父格奥尔格·康托尔[4]是“青少年的毒害者”。[克罗内克是康托尔最大的对手和昔日的导师，或许他希望康托尔能够尊崇自己。] 由于未被导师承认，对自己发现的真理始终坚信不移的康托尔最后被刺激得精神分裂，其实，在他身边有几位理解他的友人。至于克罗内克，他从来就不知道有“怀疑”二字，他漫不经心地补充道：“上帝创造了整数，其余都是人做的工作。”我认为情况恰恰相反：整数是人类强加给上帝，算了，不争它了。）

罗素的发现，从根本上推翻了弗雷格在《算学概论》中阐述的理论，但在当时，这部书已被送进了印刷厂。这一切是自信无疑的弗雷格从罗素 1902 年 6 月 16 日署名的信中获知的。所以说，数学家们不得不于 6 月 16 日结束一个空想；同在 6 月 16 日那天，詹姆斯·乔伊斯认为，我们的全部生活乃至我们的

[1] 戈特洛布·弗雷格（Friedrich Ludwig Gottlob Frege，1848—1925），德国数学家、逻辑学家和哲学家，数理逻辑和分析哲学的奠基人。

[2] 卡列尔·戈特（Karel Gott，1939—　），捷克歌唱家。

[3] 利奥波德·克罗内克（Leopold Kronecer，1823—1891），德国数学家、逻辑学家。

[4] 格奥尔格·康托尔（Georg Cantor，1845—1918），德国数学家。

存在都呈现在眼前，璀璨闪光；6 月 16 日安娜出世，就在同年同月同日，作家全家被迫迁出布达佩斯——当安娜的母亲开始第一阵宫缩，他们刚好抵达被强行指定的居住地，匈牙利北部的一家农场，七年后的这一天，匈牙利总理被处以死刑，如同排除一道阻挡新时期进程的路障，后来出于某些特别的念头和原因，将其称为“巩固政权时期”。

究竟应该怎样阐释博胡米尔·赫拉巴尔妈妈的剪头发事件？时间流逝如斯？还是无可避免的惯例的剪发，就像《金黄色的回忆》？必须作出决断？这事发生在被列为“第一次”的世界大战爆发前，对人类而言，至少对习惯于将自己与世界等同——从那之后始终如此——的欧洲而言，这次战争太令人失望了（用我的话说，我是不可救药的欧洲人），就像“罗素事件”给数学家们带来的失望一样。就在剪发的同期，不过跟剪发无关，挽救工作开始进行，逻辑学家们从“数学是逻辑学的一部分”这个错误的论题出发，在怀特海[1]的领导下行动起来，直觉主义者们则站在布劳威尔的大旗之下。毫无疑问，他们打出的“内在观察”的旗号十分动听，然而又如（作为必然的结果）杰出的塞恩所言（从马嘴里直接吐出的话），听起来好像是说“我们该用死亡抵御疾病”。

博胡米尔·赫拉巴尔的妈妈剪掉头发，是博胡米尔·赫拉巴

[1] 怀特海（A. N. Whitehead，1861—1947），英国数学家，哲学家。

尔的妈妈妥协的象征（被折断犄角），不是吗？因为，如果博胡米尔·赫拉巴尔妈妈的头发在静谧的小城里恣意飘卷——势如飞瀑——横扫街巷，那将成为反叛的符号，如果把它剪掉，那便说明她不想反叛，她想当一个正经女人。但是，正经女人不会平白无故地剪掉一头让全城人惊叹、惊羡的浓密秀发。这个矛盾，弗朗茨聪明地解决了，狠揍了她的屁股。让他们看看，上帝到底住在哪儿。让他们知道，谁是这个家的一家之主。只是与此同时，博胡米尔·赫拉巴尔的妈妈对博胡米尔·赫拉巴尔的爸爸感到实在好笑。不过弗朗茨心知肚明，所以“像挖战壕似的”为自己遮掩，他赶快说道:“这么说，我的小妇人，我们的新生活开始了。”事实上，他鼻翼的翕动并不像为野马装上马鞍时那样厉害，hola，Ede，Kare，hola ištene！莫非博胡米尔·赫拉巴尔的妈妈真就这样——就跟直觉主义者们用死亡抵御疾病一样！——开始了每天新的生活吗？至少开始了她未知的生活？而且，莫非她已经说了（承认了，或者冲着他们直面坦言），她是在勃列斯拉维大街上买的打气筒，在万物之上的空气中，莫非飘悬着一个平和的，象征着不再能骑自行车的符号？还是另有其他的意味？

安娜希望能够看清剪发事件的实质。

还应该提到的是（关于博胡米尔·赫拉巴尔的妈妈），作家也经常使用溢美之词，情真意切地讲述他的母亲。“请别怪我，”在他母亲病危期间，他曾给一位虽在异地，但与他贴近的远方朋友写了封信，他写这样的信并非偶然，“请别怪我如此悲切，因为对我来说，每个人都成了我的母亲。”

10

“博胡米尔，亲爱的，当我们国家的军队进驻到您的国家时，我小姨疯了。”

安娜有一位小姨，乔尔吉娜，是她母亲的妹妹，是火是水，是狼是羊（怀着可怜的二元论的条件反射，我们可以罗列一天，劳莱尔与哈迪[1]，歌德和席勒），玛利亚和乔尔吉娜。她们不喜欢彼此，准确地讲，是玛利亚不喜欢乔尔吉娜，而乔尔吉娜根本就不搭理玛利亚。安娜对母亲表现出的强烈，尤其是公开的敌意感到意外。她不敢不喜欢自己的亲人；她清楚地看到，自己与他们毫无关系，不仅与勤劳的哥哥无关，与自己根本不知道是谁的父亲无关（她讲不了父亲的什么坏话，要么她只能讲他的坏话，把他说得一无是处），就是跟已经过世了的母亲也毫无关系。（安娜的母亲死于 1980 年春天，去世前变得越来越瘦，

[1] 1920 年代至 1940 年代极为走红的喜剧双人组合，由英国演员斯坦·劳莱尔和美国演员奥利弗·哈迪组成。

五十公斤，四十五公斤，四十公斤，三十七公斤……体重骤减。她的婆婆则在同年夏天辞世。安娜和作家突然变成了孤儿，同时毫无疑问，他们是成年人。）

安娜的立场不由自主地站在乔尔吉娜一边。她俩很快就气味相投。小姨酷似老年的西蒙娜·塞格诺[1]，有着同样的眼袋，出神的眼睛，肥胖健硕的身体，永远粉红色的敏感嘴唇，因吸烟而变粗的哑嗓儿，总而言之，她看上去很美，有着一种所有元素都丑陋变形了的女性之美。这几年她过得痛苦不堪，小便失禁，不得不用尿布，走不了几步就需要停下，"她会站定，如同用芭蕾旋转之后的停顿"。

"1968年8月21日，乔尔吉娜疯了。说老实话，我也不知道该怎么说。她情绪失控，这么说太轻了。当时她喝了许多酒，整个夏天她都酩酊大醉（她灌了自己整整一个夏天），从早到晚烂醉如泥，有的时候一连几天踪影皆无，她忘了从公共汽车、有轨电车上下来，乘着公共汽车在城里兜圈儿。有一天她卧床不起，在'大游行'后，这种情况时有发生，这种时候，她会得到女楼长奥玛塔的照看，奥玛塔给她带来面包、粉肠和一天喝的啤酒。"

"您要照顾好自己，我的乔尔吉娜。"她无可奈何地叮嘱说，仿佛是对自己的孩子。即使遭到乔尔吉娜的拒绝，她仍一如既往亲热友善，乐于相助；奥玛塔三十四岁生日那天，她们俩勾

[1] 西蒙娜·塞格诺（Simone Signoret，1921—1985），法国电影女演员。

肩搭背地一起醉倒了。

“让我们一起生活吧。”当时尚还苗条、肤色棕褐的妇人娇柔地说。乔尔吉娜笑着吻了她的嘴，顺手又开了一瓶啤酒。

“别说这个，亲爱的。我不想跟任何人一起生活。不管怎么说，我都受不了。”

8月21日，当奥玛塔跨进房门时（乔尔吉娜从不锁门，起初，女楼长小心谨慎地用钥匙从外面锁上门，结果引发了一场撒酒疯似的争吵，“如果有谁想要进来，怎么都会进来，这里的一切都敞开着，所有的人都敞开着，赤身裸体，整个国家，所有的人都是一幢可以透视、可以穿行的房子！”），闻到一股扑鼻的恶臭。乔尔吉娜一看到她，立即哭了。

奥玛塔为她喜欢的人洗浴，擦净，将她裹在素白、柔软的大浴巾里，并为她换上新的被套。乔尔吉娜从沙发上看着她，如同一尊雕塑，一尊哭泣的雕塑。就在那天晚上，流完眼泪之后爆发了一阵先知者的愤怒，她对奥玛塔又揪又拽，左推右搡，说奥玛塔是罪魁祸首，让她不要否认，最好还是承认，回头她会跟她算总账的，她，从烈火之中，从无穷无尽的虚无之中，从无以效仿的造化之中，但是哎呀，够了，现在她将用砍头斧分发正义，或者施舍宽恕——就像某位要把式的一样，以惊人的速度，画着十字，恩赐祝福。

她的癫狂越来越严重，直到有一次试图掐死奥玛塔，她被送进了精神科，不过很快被放了出来。安娜几乎认不出她来了，并不是因为身体的变化或面孔的变化，而是她的神态，她的神志。几个月后，可以这么说，她摇身变成一个宗教狂，总是微笑，每天祈祷。

“我不忏悔，”她微笑着说，“我不向神父忏悔……”她继续微笑着补充道，“我累了，可爱的奥玛塔……”

她慢慢地恢复了往日的洪亮嗓音和已经忘记了的动作，喝得比以前少，不过，她只要喝一点点就会醉倒。安娜惊恐地看着她抓起酒杯，她用力之大，仿佛是要挣脱它。安娜经常去她家探望，因为小姨足不出户，如果说在她身上发生了变化，那就是自从 1969 年之后，她再也不曾跨出家门半步。

“她喜欢我先生。”

“即使没有人喜欢的人你也会喜欢，不是吗？！”她问作家。作家尴尬地笑起来。以前，安娜还给她唱布鲁斯，后来再也不唱了。乔尔吉娜最喜欢的歌手是卡尔松，小卡尔松，斯德哥尔摩的布鲁斯之父；所有人，世界上的所有人都以为在斯德哥尔摩不可能唱布鲁斯，但是实际可以唱——那时的丁骨沃尔克[1]还不是莱斯·黑特的乐队[2]的主唱，他还没有穿着金丝绒的西服摇臀摆胯，他唱小卡尔松那首迷你小曲《风轻吹人发狂鼻出血布鲁斯》时，至少要比猫王早二十年。

[1] 丁骨沃尔克（T-bone Walker，1910—1975），美国布鲁斯乐手、歌手、作曲家。
[2] 莱斯·黑特（Les Hate，1903—1962），美国20世纪30年代最著名的爵士乐队组织者。

如果你的鼻子出血，
你不要问是怎么回事。
你不要问是因为什么。
如果你的鼻子出血，
你的心啊，已该歇息。

是某个挪威家伙写的歌词。

当裂开的创口在我心里愈合的时候，
曼陀林上的一根琴弦（稍稍停顿！）
却已绷断。

卡尔松的琴弦也绷断了；据说，他在1945年得知纳粹集中营的存在，他写信给一位柏林的犹太拉比，他曾在哥本哈根的一场音乐会上结识了拉比的女儿，他在信中毛遂自荐，说他也将成为犹太人。拉比在回信中用礼貌的口吻阻止说："谁说自己是瑞典人，谁就是瑞典人，但是——我可爱的孩子——被称做犹太人的人，才能是犹太人（而且他的亲生母亲是犹太人）——生为犹太人与皈依犹太教不是一回事。请你相信，我写这些不是出于傲慢。这对我来说也不是一件容易的事。做犹太人不容易，想成为犹太人也不那么容易。关于和你很熟的尤迪特，我没有她的消息，我的孩子，人们最后一次看见她是在莱比锡，在一群正直、善良的人中间，现在她不和我们在一起，假如她在这里的话，肯定会真心地问你好。即使别的不能，但她床头那张哥本哈根城市地图肯定会让人时刻记起她。”

卡尔松不再唱歌了。有一次，还是在披头士时代，有过一次引发异议的电台采访，在世界上风传一时，有位记者问卡尔松：能否将他的沉默理解为某种“阿多诺辩证法”？卡尔松当时已经病入膏肓，大概是患了皮肤癌，体重锐减，消瘦矮小，就像一个马车夫，而且喝得酩酊大醉；他根本不知道谁是阿多诺、什么是辩证法。[1]

“您是因为奥斯维辛而不再唱歌的吗？我能不能这么说，自从有了奥斯维辛，就不能再唱布鲁斯了？”记者问。卡尔松又是干咳又是擤鼻涕，随后字正腔圆、不容误解地回答说：

“胡扯。我的嗓子劈了。”

在当时，这两句话一度风传世界；非常喜欢《风轻吹人发狂鼻出血布鲁斯》的约翰·列侬，整整一个星期逢问就答：“胡扯。我的嗓子劈了。”许多次，安娜也很想这样回答，而且乔尔吉娜也鼓励她，可她还是不敢这么做。她们又重新开始写信。

我可爱的孩子，我的小安娜：

[1] 德国哲学家特奥多·阿多诺（Theodor W.Adorno，1903—1969），著有《启蒙辩证法》。阿多诺有一句名言：“奥斯维辛之后，写诗是野蛮的。”

早晚有一天我会去你家的——鬼知道我还可以爬多久。祝你在新的一年里心想事成。我的小鸽子，你有着艾尔代伊公牛的力量。我也有过，也是从那里带来的，但是已经消耗殆尽。慢慢一切都要干涸——我手忙脚乱，就像一只长癞的猫，无论怎么保养也无济于事。(在各个方面！——但这个只是我俩之间的秘密。)另外，我在许多年后答应了奥玛塔的要求。这样一切都会平和一些。

拥抱你，

乔尔吉娜小姨

安娜总共见她父亲哭过三次。第一次是为乔尔吉娜，第二次是为国家，第三次则是为他自己。

第一次发生在 1954 年，是在乔班卡的那个五月份的耶稣升天节[1]。晚上，乔尔吉娜推门进来时，安娜已经睡熟了（但她马上又被惊醒）。房间里充满了香水和法国白兰地的味道。在安娜眼里，小姨打扮得很漂亮很神秘，如同模特。只要妹妹一出现，玛利亚就会立刻感觉受到了伤害。

安娜的母亲说："她只要瞥我一眼，就能把我变成一个干家务的临时工。"事实上确实如此。安娜的父亲缄口不语，玛利亚又说："你总是一声不吭。"她这话说的也是事实。男人看着

[1] 耶稣升天节，复活节后第 40 天。

小姨子，仿佛盯着一扇忘了关的窗户，暴风雨正从窗口泻到屋内——那是一个夏日的夜晚。乔尔吉娜当时还不满二十五岁，但她看上去好像是三十五岁，她的妆化得很重，脸有点虚胖，臃肿，陌生，陌生，陌生。这时候，孩子们跑回到自己的房间，屋里只剩下那对彼此怨恨的亲姐妹，父亲把脸埋到安娜脚下的被子里，哽咽抽泣，一副无辜的样子。安娜在黑暗中缩成一团，紧张得连大气都不敢出，她把枕头蒙在头上，以免卷入这场无聊的闹剧。一个成年人有什么好哭的？她心里纳闷，他们应该知道，没有人会安慰他们的。她并不害怕，而是怨恨她的父亲。

几年前，乔尔吉娜遭到误抓，人家本来要抓的是住在隔壁的老将军，从老将军家（从贝埃利·古伊多大叔的家）可以站在山丘之上眺望多瑙河，贝利·乔尔吉娜则住在楼长家楼里的一个小屋里。来人尽管时刻提高着具有历史意义的、自以为公正的革命警惕性，但在1951年“圣梅达德纪念日”[1]后的一个雨中的黎明，他们不仅没有细看公文，甚至连“古伊多”是个男人名都没有注意。不过，他们很快纠正了错误，又把将军抓走了。乔尔吉娜格外刻苦地学习舞蹈，她有精神和肌肉的天赋，只是体形不是很好，虽然非常可爱，但个头太矮，所以她必须用勤奋补偿那些无法补偿的东西。

她去了米什克尔茨市旁边的一个小村庄。九月份，她一脚踩

[1] 欧洲天主教节日，每年的6月8日。

到一把长柄镰刀上。据家里人说，喝醉了的当权派下了一道追捕令，挨门挨户地查找藏起来的和被藏起来的“佩斯妓女”，在一个铅灰色的午后，她别无选择，只有逃跑。一个女孩在前头跑，整个游牧部落气喘吁吁地在后头追她，就在这时，她踩到了镰刀……还算幸运的是，那帮有头有脸的家伙们也在附近，他们用吉普车将她送进了珍珠市[1]医院。乔尔吉娜的脚掌上被横割了一道大口子，锐利的刀刃一直割到侧面的脚踝，肌肉、肌腱和韧带全都断了——“手术的难度虽然很大，但结果还是做得很漂亮。”教授安慰说。这只是乔尔吉娜芭蕾舞学员生涯中的一段小小插曲。

“真是这么发生的吗？”

“怎么可能呢，我的小安娜。他们根本不敢碰我。他们只能远远地冲着我流哈喇子，根本不敢碰我一根毫毛。”乔尔吉娜经常这样撒谎；手术之后她开始喝酒，喝了足有三十五年。

“你为什么喝酒，乔尔吉娜小姨？”

“我跟你说过，我可爱的孩子，你就叫我娇姬吧。你怎么跟你妈妈一样，总是那么一本正经。你知道她很讨厌我。但是你要相信我，我从来没有为了得到你的爸爸而动手脚。那也是事实，我喝酒不是因为你妈妈。我不喝酒，而是长醉不醒……我，我的小宝贝，我整壶整壶地喝啤酒已经喝了三十五年，一点也不是因为爱喝，我对醉酒感到憎恶，我之所以喝，是为了帮助

[1] 珍珠市（Gyöngyös），匈牙利北部城市。

自己思考，为了更容易地潜入词语的深层本质，因为我读书不是为了娱乐，不是为了打发时间，不是为了容易入睡，我，一个生活在十五辈人世代写作、读书的国度里的人，之所以喝酒，是因为读书已经永远不可能让我入睡，是因为读书总好像给我灌了一碗凉汤，因为我赞同黑格尔的这一观点，高贵的人不一定是贵族，罪犯不一定是凶手。假如我能够写作的话，那么我会写一本关于人类最最不幸和最最幸福的书……”[1]（“博胡米尔，她是一位与你相配的女人。喝啤酒喝到了最高的境界。啤酒和荷尔德林，这两个都是她的专业领域。”）

安娜第二次看到父亲哭泣是在1956年11月，当时，他惊恐万分并怀着愚蠢的希望试图从女儿眼里获得鼓励，车已等在家门口，他们已经收拾好东西，母亲沉默地（愤怒地）站在厨房里，父亲拿不定主意，他会出于怯懦留下，或者出于怯懦离开。——这是1956年匈牙利的一个定格画面，一幅肖像，有多少人在家中等待，而且全都是这个样子，同样苍白的面孔，同样的皮箱，卡车都带着同样的柴油味儿，不知所措的父亲们，沉默忍耐的母亲们，大气不出的孩子们……（当时，在我家门前也停了一辆红十字卡车。我父亲恐怕连头都没抬，就撵走了司机。之后说了一句话，这句话我后来从他嘴里听到过无数次，在足球场上，大多数时候是在足球场内，一个蹩脚的传球会让

[1] 本段句式和大意援引自赫拉巴尔《过于喧嚣的孤独》，相关段落译文采用杨乐云译本。

他从观众台上大声吼叫："怎么了？往哪儿？为什么？"当时他说的也是这句，在十一月清冷的黎明，只是他的声音很小："怎么了？往哪儿？为什么？"）

当时安娜并不知道，除了她父亲和乔尔吉娜之外，只有上帝知道那天早上她父亲在电话里跟谁说了些什么。玛利亚可以说知道，也可以说不知道，我的意思是说，她虽然肯定不知道，但是感觉像是她知道似的。

"那天早上，你那个再傻不过的爸爸打电话给我，说我们一起去闯世界。那么多年，这可怜的家伙始终在他的脑袋里幻想着爱我。我告诉他，这完全是他凭空幻想出来的爱情。你别跟他说，我的孩子。现在反正也无所谓了，一切全都过去了。一场滑稽的闹剧。对自己滑稽辩证法的认真模仿：这就是他的生活。"

"到底是怎么一回事？"作家插嘴打断她，"你到底想说什么？"

"你别那么自以为是。别以为我是在说你。"

"我根本没往这边儿想。"作家说。

"那么说也太夸张了，"乔尔吉娜把脸埋到啤酒杯里，"电话铃响时，在我家藏着两个人，一个十九岁的男孩，他是个'革命者'，不过关于他我不想聊太多；另外一个是我的女友，一个秘密警察……她在国家安全局当打字员。她过得并不是万事如意，她丈夫是一位颇有实权的区政府领导。'我实在无能为力，我实在无能为力。'他一遍遍地对妻子说，他告诉我的女友，我的女友又把这话转递给我：'我实在无能为力。'由于精神崩溃，他五十岁时就退休了，那是在1975年。从那之后，他开始一声不响地酗酒。"

"跟你一起吗？"

"不是，我的小安娜，不是跟我。上帝之所以存在，就是为了能宽恕我们。人类之所以存在，就是为了担负记忆。道德就是记忆……或者说……书上是这么写的，上帝根据自己的样子创造了我们……所以人类并不是一个毫无意义的过渡时期……我已经忘了，不过我还是记得；我宽恕，但还是会复仇。"

安娜亲眼看到、亲耳听到的第三次哭泣，发生在第二次哭泣之后的十一年后；她父亲遇到并且结识了一位邵普隆市的女教师，可以说是偶然的萍水相逢，但是需要说明的是，世界上不存在偶然，或者说偶然几乎就不存在（他俩借口相识的基础是克里斯蒂安·惠更斯[1]，是他率先提出的数学期望概念。另外，他虽然毕生投身于科学，但并不是一位与世隔绝的隐士：他曾给同时代的美丽妇人们写过不少诗歌），安娜的舅舅在两年前发现了他们的通信。"博胡米尔，那样优美的情书我还从来没有读到过。那么纯洁，那么清澈，情感饱满得令人恐惧，我父亲和女教师，那种渴望实在惊人……您要知道，就是……就是从文

[1] 克里斯蒂安·惠更斯（Christiaan Huygens，1629—1695），荷兰物理学家、天文学家和数学家，最早提出了概率论。

法上讲，他们也令人十分钦佩。这些信写得是那么美。但是，由于我父亲并不想争吵，我母亲立即变得态度强硬，她拿我们说事，而我们这些被拿去说事的对象们（资本！）则躲在一旁偷看，我哥哥满腔愤怒，我失声哭泣，我为无声哭泣的父亲哭泣，我哭啊哭啊，因为我从不相信，即使现在我都不相信，我已经淡忘了当时发现的这个事实：我父亲是一个感情深厚的人，甚至，尽管他的内心始终藏而不露，他是个男人。

“第二天早晨，我母亲甜得跟蜜一样。而且比以前任何时候都更漂亮。她为谁打扮得那么漂亮？就连她自己也不知道自己自私。她从来都不知道。也许是我不知道她其实知道？

“‘你的胆子也太大了。’当我和我先生被她发现的时候，她这样说。”

11

上帝（或说是全能的主）喜欢弹力长筒丝袜，既喜欢它们中的每一只，也对它们抱有泛泛的喜爱。一方面他认为那是自己造物的精致极品，另一方面是因为他喜欢女人的小腿肚；没有什么东西会让上帝感到陌生，即使——请原谅我的轻率之词——上帝为之花了不少工夫的天主教的教徒们一贯对女人的小腿肚采取抨击的态度，但上帝并不同意他们的观点，但我丝毫没有拐弯抹角地表示“他在所有观点上都跟我的保持一致”的意思。

这样不仅反向证明了造物的质量——从单细胞生物到长颈鹿，从两缸发动机到四缸的——也部分地证明了它的永恒和无限，至少是跟近期的尼龙丝袜相比，这些东西是那样的经久耐用。近期：上帝早就如此这般地在万物之中预先设定了死亡率（就以大众汽车为例，一辆甲壳虫十五年后还是甲壳虫，而一辆高尔夫十年之后会成什么样？更不要提日本汽车或菲亚特－莱森斯的生锈了），他所做的这一切在男女平等的世纪里没有获得太好的名声，因为人们认为（我对人们的观点也表示赞同），这本来就是他的职责和他的使命。他为自己是否该迁怒于人类而举棋不定，最后爆发了一场斯科普里大地震[1]。

人们说，只有无限才值得爱。但也有人说：有限。无限能够爱有限吗？当然，能够爱。其结果是，上帝俯瞰着大地，被一股死气沉沉、令人恐慌的郁闷所吞没。Le silence éternel de l’espace infini m’effraie（无限空间的永恒寂静让人恐慌），这句话帕斯卡肯定是从他那里，从上帝那里听来的。确切地说，上帝实际是对这种田园牧歌感到厌烦，因为人们通常在这种时候拿他说事，尤其是，最令他厌恨的是，人们总拿他的恩典说事。

[1] 斯科普里是马其顿共和国的首都，在“二战”结束后一度得到急速开发，但在1963年发生了一场大地震后，发展一时停滞。

希腊人认为，田园牧歌是小境界。然而，田园牧歌不是小快乐。上帝也喜欢小东西，而且喜欢快乐，这些跟永恒也具有相似性，但是他对狭窄、局限、封闭——感到无法忍受。

O make me a mask（噢，给我戴上面具吧——迪伦·托马斯），深深的叹息。在漂着油污的泥洼里，这些便是他游戏似的、彩虹般的存在。在假面之后，他继续充当公正的上帝，保持最真实的真实，然而这种真实不应该自以为是地从人类学角度进行分析，这是因为，让我们实话实说，他确实极其认真地玩他的游戏。“先生们！他持有不同的观点！”要是一个汉堡的男妓这样说，子弹会立即飞进他的脑壳。这是我在什么地方读到的。

他还对围绕尼龙丝袜发生的那些劳神事表示怜悯，在20世纪六七十年代，大致是在多瑙河流域和伊普依地区。除了尼龙丝袜，大孔眼的马海毛毛衣或套装（毛衣加匹配的开襟羊毛衫），以及防雨府绸外套也很时髦（在当时，整个中欧都在防雨府绸外套里沙沙作响，不过那时的中欧还被叫做“东欧”）。边境上总是热热闹闹，在一节节车厢里展现着人们与生俱来的千变面孔，幽默与眼泪，狡猾与憎恨，抵抗与出卖！事情的根源，是由于捷克的东西更便宜。我的老朋友描述说（他老爹的一条胳膊被收割机切断，胳膊飞出老远，他找回来后，把它包在报纸里，我猜是包在《自由人民报》里，夹在另一边胳肢窝下，就这样去了艾盖尔市医院，到了那里他才晕倒），他浑身上下揣满了各种各样的民族头巾，用这买回了尼龙丝袜，但在海关被查了出来，不过有一位海关检查员是他教过的学生，他把老先生叫出车厢，表示理解地拍拍他的肩膀，请老师下回别这么干了，老先生突然破口大骂，骂得唾沫横飞，鲜花枯萎。列车自动紧急刹车。事情也可能发生在出关时，他用卖方巾的钱消除因为羞辱和突如其来的恐惧所酿生的烦恼，他醉倒在布拉格美丽的城市里——他平静地喝着润喉的啤酒，无论尼龙丝袜，还是承载着伟大的捷克文化的赫拉德查尼城堡区，他都没看到。“啤酒，就是时间。”他恍然大悟地说。“这个我们应该跟捷克人学习。”他说。

我们说过，上帝有着史诗般的禀性，但这并不排除他对戏剧性元素也怀有渴望并颇有感觉。我们只需看一下那个再简单不过的美妙想法（这个想法可以使任何一位机巧、蹩脚的法国二流喜剧作家出人头地），难道不对吗，拥有独特命运的民族是不承认救世主的民族。有品位的作家或许对此嗤之以鼻，表示不屑，认为大错特错。这个想法是能够起到作用的。所有能起作用的舞台化想象，都会深深作用于人类的范例。

“所有的造物，都可以说是我的存在，至于我，哦，只有上帝是我。”上帝说道，他目光淡漠地远远瞥了作家一眼。随后跟安娜一块儿吹起小卡尔松那首带着自述性灵感的《娇小可爱的小蒂尼》，鬼知道为什么，这首歌从来没有真正流行过，可当杰思罗·塔尔[1]演奏时，只换了个歌名，立即变成了流行曲。这同样也是一个谜，乐队不过是以惯常的爵士乐风格严肃地演奏这首老歌，并没有做任何的特别处理。

12

当安娜母亲的钥匙在锁眼里头哗啦哗啦转动时，安娜那双本是她父亲买来送给她母亲，后来又由她母亲毫无条件地转送给了她的尼龙丝袜正在她结实、青春的小腿肚上滚动。安娜母亲的钥匙是从屋外转动的，而锁眼的屋内一侧，则插着安娜的钥匙。作家坐在床上，当时他还算不上什么作家，只不过是一位大学生。

安娜的父母不喜欢这个男孩。他们一瞧见他——就本能地不喜欢他。也不是非常不喜欢，只是轻轻地耸一下肩。

“他不是一个很美的人。”见过男孩之后，他们告诉女儿。安娜父母的这一判断，与其说是从美学角度，不如说带着道德意味。大概这是他们难以忍受陌生人的缘故。如果安娜想要仔细描述父母的态度，作家对安娜的态度就会突然变得暴躁冷酷，

[1] 杰思罗·塔尔乐队（Jethro Tull），英国摇滚乐队，1967年成立，主要风格为布鲁斯摇滚。

并且立即感觉受到了伤害。他对此表示不解，觉得莫名其妙，认为不合逻辑。慢慢地，他逐渐看清了情况的实质，无论是趋炎附势，还是名气上涨，都不能影响老丈人的态度。电视，广播，邻居，屠户——什么都影响不了。后来，在许多年后，作家的丈母娘欣慰地断定，他们的孙子孙女都过得不错，并且吃惊地发现，他们缺心眼儿的闺女居然还跟那个缺心眼儿的男孩生活在一起，于是将所有可能导致不安的东西都抛到了脑后。

他们仿佛生活在沉重的钢板下、薄膜下或甲胄中，这就是安娜眼中她父母的生活：没有接近他们的可能。后来，母亲濒死时在床上跟她说的话让她感到震惊，她这才意识到（或者说几乎意识到），自己并不了解这个女人，安娜曾为了迁就婆婆的情绪而冷落过她，可她却毫无怨言地忍受了。

“回头你婆婆会告诉你。”这句话里并不包含丝毫的怨艾。在她母亲身上，一切都那么清楚坦白，她的愤怒，她的痛苦，看上去并不真实的悲伤，以及在粗心大意的海洋中经过筹算的欲望。安娜已经好久没再想起那个她曾在一张摄于1938年的家庭老照片上看到过的，身穿轻盈招展的粗布印花夏装、头戴阔檐儿礼帽，楚楚动人、健康青春的姑娘了，那个形象早已忘记，她只在最后的瞬间，在那张床前，才又重新回想起来。

两个在床上亲热的孩子并没有受惊，因为他们并没有听到门口的响动。两个毛手毛脚的幸福孩子正在嬉戏逗笑。女孩最先意识到了危险。

“快穿衣服！”但已经迟了。女孩的母亲出现在门口。这时候，两个人好像事先商量好了似的同时闭眼。他俩双眼紧闭，如同幼稚的小孩子一样：只要我没看见别人，别人也不会看见我。事后他们聊天时说，当时他俩确实都以为闭眼管用。

问题是，闭眼不仅不管用，情况很快变得更糟。

“天哪！你们在这里干什么呢？！”

男孩藏在被子下小声嘟囔：“要我告诉她吗？我觉得她知道。”

女孩意识到要出乱子，她太了解母亲的脸，她那铁青的脸色、扭曲的嘴角和那虽然尖厉但仍旧嘶哑的嗓音。

“我觉得我病了。”男孩愚蠢得喃喃自语，就连他自己都不明白自己在说什么。由于床是他们结合的基地，所以他不得不解释什么！母亲一把将女儿从床上拖起来，女孩本能地随手抓住身上的被子，而变得赤裸的男孩赶忙扯过床单往身上缠，但由于自己躺在上面，他想用床单遮羞并不那么容易，当时的场景十分尴尬。等他穿上衣服，听到屋外响起了争吵。安娜的声音使他镇静。他一迈出屋门，妇人就怒气冲冲地扑过去，两只手在男孩身上又捶又打。他再次误以为难关已过（以为这场风波的浪尖已过，既然我们站到了浪尖之上，那么浪尖就应该已经过去），他先后抓住瘦小妇人的两只手腕，挡住她的一次次捶打，不仅吻了“妈咪”的手，还一脸嬉笑地重复说道：

“别打了，别再打了。”

结果他被禁止去她家好几年。“尊贵的捷克人，您肯定也经历过许多强加在您身上的痛苦与艰难，在这个地方，一个好人不可避免地会受到诽谤中伤。金色的布拉格，丝绸般的布达佩斯，蜜样的贝尔格莱德，钢铁的布加勒斯特，钟声叮当的维也纳，我知道，您的生活被敲成了碎片，之后又被拼到一起。不过我敢打赌，您没有经历过处女膜检查，那比体制本身还要糟糕。我可怜的母亲发疯似的将我拖进了门诊部，至今我都不清楚因为什么。我本来可以当场告诉她：三天前我就已将自己的贞操献给了那位大学男生，我为自己能有这个胆量感到快乐；可是事实是，无论事前事后，我都紧张得浑身发抖。动身之前，我父亲在厨房里跟我母亲大吵了一架，门虽关着，但我清楚地听到'婊子'这词，由于我不知道他指的是我还是我母亲，所以我的感觉还不错。我们坐在白色的长椅上排队等着，父亲一声不响地坐在我旁边，现在后悔已经来不及了。他先进去找那位熟悉的医生，当诊室里只剩下我们两人，医生摸了摸我的头说：'好啦，小姑娘，一切正常。'听了这话我失声哭了，抱住这个陌生男人，我哭啊哭啊。他并没有给我做检查。"

"你可以走了，"他瞅了一眼手表说，"你们要好自为之。"他叹了口气。"今天我最后一次跟您以你相称……"

当女孩走出诊所时，天上传来上帝的声音。

"有没有遇到棘手的事，裘裘？"医生摘下眼镜，并跟所有戴眼镜的人一样，习惯性地揉了揉鼻梁。

"一切正常，老板。跟以前一样。尊贵与荒唐，温柔与愚蠢，一切正常。问题已经解决了，伤员已经包扎好了。”

“我什么都不懂，只懂爱情。”在家里，安娜面对面地回敬母亲。这句话只是听起来谦逊，跟懂得爱情的柏拉图如出一辙，对此令人信赖的图拉给予我们警示，他认识到万事万物的唯一目标，是实现统一。

“你的胆子也太大了。”女孩的母亲用和解的语调说。

当时她只是耸了耸肩，后来她在母亲床边，没法想些别的事情，那时她还不知道母亲身患绝症。缺乏勇敢，不一定就等于退缩，而勇敢本身，并不一定就有价值。也许，她端详母亲的距离过于遥远？她，安娜，恰恰不愿去想任何事情，不愿去想任何迫于环境的驱使而不得不想的事情，环境，习惯，习俗，成形，国家，东欧。也许，她母亲是一位东欧妇女，一位欧洲的穷人，负重，操心，拯救，接受，顺从，她是一位知道自己生活在何处的女人。“我可爱的孩子，你要心里有数，知道吗，你现在活在什么地方？不要听别人的，要听妈妈的，挺腰，弓背，扛吧，干吧，干你能干的事，干他们允许你干的事。如果他们问你什么，要保持沉默，如果他们盘问你，你就招供，供出一切，但不要供出活着的人，不要供认愤怒；不过你可以供认自己给戴高乐当间谍是为了帮助卡洛伊国王，后来你又倒旗反戈，卡洛伊·米哈依[1]是你的上线，你早在上幼儿园时就开始

[1] 卡洛伊·米哈依（Károlyi Mihály，1875—1955），又称纳吉卡罗伊伯爵，匈牙利政治家，曾于1919年任匈牙利总统。

狡猾地招募军队，至于什么目的，不言自明；你可以供认自己将藏在巧克力里的秘密和假文件送给共产国际；你可以供认你就是罗莎·卢森堡[1]，于是拉依克[2]不会再像男人一样对你施展魅力；你可以供认《九月末》是你写的，因为你是裴多菲的俄罗斯妻子。你以为这话蠢得如同玩笑，你永远不会知道他们什么时候开玩笑，永远不会知道，他们有着另类的大脑，因此不要抱着这样的想法在这个国家游走，不要以为这是你的国家，你会看到这个国家到底是谁的；你要跟他们打招呼，我的孩子，你要赶在所有人的前头跟他们打招呼，你不会因此变得更渺小；这个国家将会蒿草丛生，你用不着为此伤感，这个国家始终如此，现在这样，将来也会这样；你要卑躬屈膝，不要说出你在想什么，而且别去想那些你不想说的话，没有必要去想，以免让自己落入圈套。你对这些还不了解，但我了解，如果一个好心的小兵这样劝你：'哭吧，这样你可以保住性命，无所谓什么样的性命，反正是性命！'那么你就要哭，哽咽，号啕，你要把自己掐出血印，把眼睛揉红揉肿揉出眼泪，如果他们不让你梳洗，你就把你的裙子撕烂，不要心疼你的裙子，无论哪条裙子都不要心疼，这样你就可以保住性命，只要你能幸存下来，无所谓通过什么手段。他们从这条街上带走了二十八个男人，没有一

---

[1] 罗莎·卢森堡（Rosa Luxemlourg，1871—1919），德国政治家、革命家，德国共产党创始人之一。

[2] 拉依克·拉斯洛（Rajk Lászlo，1909—1949），匈牙利共产党领导人。

个能活着回来，我的孩子，我只是一个愚蠢的老太婆，但你要相信，这些我懂。你没看到吗，我们现在能够活着，就已经算是上帝的恩典，在过去五十年里，这里的任何人都可能丧命，这里没有保护，没有防卫，没有妙法，只需要谨慎，待在缝隙之间，在交纳‘公油’的时候你要带去恶臭的肠油，但得在肠油外涂上一层薄膜似的真油脂，要想学会这些固然不易，但你必须要学会，我的闺女，你要学会一切，就像森林中的野兽，要熟悉小道、陷阱、风向和猎人，这里没有取巧的余地，一点儿都没有！你要怕，要躲，要沉默，那些家伙还有一群私生子，就像饿狗一样垂涎窥伺，所以，你要喂他们食物，听从他们，赞同他们，让他们胡吃海塞，饕餮狂食，肚子里填满了我们的眼泪与喑哑，让他们甩开腮帮子狼吞虎咽，脑子里来不及想任何事，只要他们整天能够撑鼓肚皮，我们就能得到苟且的安宁。你听我讲，你们将来会有孩子，他们的生活将会怎样？我的闺女，你也别相信那个男孩，不要听他的，你要听你妈妈的！你妈妈是谁？！一个高傲的废物！自由？自由是什么？什么样的自由？两个星期和外加的几天？外加的几天，这就是自由，他们将所有的话都录到录音机上然后回放，时而快放，时而慢放，他们在办公室里听它取乐，我指的是，录音机，他们用录音机自娱自乐。你别信他的，现在他只是甜言蜜语，随口承诺，夸夸其谈，大话连篇，这些人跟我们不一样，他们都是另一类人，我的闺女，这些人都是特权阶层，都是富裕豪绅，即便他们眼下没钱，即便他们也被踢被踹，我们仍要惧怕他们，这些有头有脸的家伙，自以为可以操纵世界，自以为一切都拜倒在他们脚下，自以为可以利用世界，他们什么都不愿放弃，活像被宠坏的青春期少年，贪婪，猥亵，不怕天不怕地，而且都很富有，不，不，这些人防不胜防，不管怎么说，你对他们都无从防范，因为根本不存在防卫。那个男孩不知道这些，他永远不会知道，也不想知道，也许他根本不需要知道，不需要负重，不需要操心，不需要拯救，不需要接受，不需要顺从，你别信他的，不要信他。”

安娜并没有相信她的母亲，而是相信了那个男孩（甚至，她有时还是被男孩相信的人）。但是，也许她母亲知道是怎么回事？也许就在母亲作出选择之时，她自愿接受并承担了什么，也许，她的历史并不是喑哑的历史，而是沉默的历史？一部尚未撰写的历史，一段没有词语的讲话，一种超越艺术的美，一种超越人类的公正……

濒死的母亲叮嘱她：

“如果你买裘皮大衣，小安娜，你要带一个剃须刀片，趁店主不注意时，在侧面轻轻划个小口。如果蓝色，可以买，但是如果是灰色，就不能买，不管你是多么喜欢，因为灰色的皮子会掉毛。索诺克市的女医生就干过这样的事，以前我曾爱过她。我得补充一句，整个索诺克市都曾爱过她。”

接着，她又说：

“我们把太多的东西都归结于爱……太多毁灭性的历史……

带着最美好的美好意愿……这里有些东西没有设计好，在人类身上有些东西没有设计好，全能的上帝没有设计……也许全能的上帝还没有设计好……我的闺女，我觉得，我做的决定是对的。”

13

恐惧与爱国精神将我们的历史编纂到一起。修正：与其说是爱国精神，不如说是恐惧哺育了我们的历史。修正：我们的恐惧被称为爱国精神。这就是我们的历史。作家就像一个吃饱了饭的日托孩子，伸了个懒腰。裘裘并不是很喜欢他，他认识作家已经很久了（在他之前，有一个名叫库瓦奇·茹偌·马尔顿的天使被派到这里，但堕落了——他跟同伴一起在值勤期间让女孩们搭车），虽然作家没惹什么麻烦，但裘裘还是不喜欢他，不喜欢他写作，不喜欢那成行排列的文字和干在纸上的墨迹。他明白这是因为什么，因为这一切与他的生活十分相像。天使们没有自己的生活。而作家连天使都不是。

我得到一篇多恩·阿尔德巴特·艾尔麦维奇撰写的关于天使的文字，是女翻译家弗兰西斯卡·芙丽索娃寄给他的，她又是谁——她可不是天使——她就像一本东欧连环画，用社会上的老话说是“混血儿”，祖父母是克罗地亚人（保加利亚人？），母亲是布拉格人，不过没有人知道，在她的奥地利父亲身上到底有几分之几的犹太血统（什么，奥地利？）；有过很短一段时间，她曾是我的弟媳妇，据我弟弟讲，他之所以爱上芙丽索娃，是因为她总能找到物美价廉的二手货商店，那里的女衫（！）一件比一件漂亮，我弟弟因此可以过上色彩缤纷的美丽生活；这种激情，对芙丽索娃的激情，从我弟弟这方证明是错误的。

这位被从基辅遣返回乡，来自诺维萨德的学者有资格获得“天使博士”的头衔，以此强调圣托马斯·阿奎那[1]的重要地位。（这几天我刚刚得到他去世的消息，上帝保佑，多恩……）多恩——因为业内的同行都这样叫他，或者叫他“老伙计”——接受了一个广为流传的观点：上帝死了。这个观点极富创造力，是对是错，即便从别的地方难以证实，但通过拉达轿车手动挡扶柄的频频闪光和昼夜不停的谕旨，可以得到肯定的答案；自从有了步话机，上帝总忍不住要使用它，用一句玩笑话说：电话筒里总是有人。裘裘轻蔑地想到了自然神论者，这些家伙是那么可笑，他们的挑衅令人生厌——我的上帝！（然而，他对无神论者感到同情，对于那些不信神的人，他感到怜惜；他不了解那些否认上帝存在的人，想来，如果真的不存在，那有什么好否定的？如果存在的话，又怎么能够否定呢？在这个问题

[1] 圣托马斯·阿奎那（Tommaso d’Aquino，1225—1274），欧洲中世纪经院派哲学家和神学家，被称作神学界之王、天使博士或全能博士。

上我也这么看，我对女权平等问题也抱有同样的观点。）

总之，上帝之死把天使们置于一个独特的（特别的；芙丽索娃添写部分的同义语，她和她的文字反映出她的犹疑不安）境地。让我们试着想象一下那一个瞬间。当他们遭遇这个令人震惊的基本问题时（当一个基本问题砸到他们的脑袋上时），这个瞬间看上去（被人描绘成）会是怎样的景象？是否会将他们击垮，是否会占据他们天使的意识，是否会用可怕的暴力将他们逼到权力之中？然而，无法回避的问题是：天使是什么？

对这个问题，天使们感到措手不及，惊讶困惑，孤立无助，我们的诺维萨德人这样推测：天使们会为此大惊失色。（这既能造成惊惶，也能导致堕落，至于结果如何，伟大的多恩并没有讲——还有一种这样的说法，比如说杜克·迪·安格利斯四重奏，认为熵就是天使的堕落。[1] 这可以解释许多事情，然而，较为混乱的状态是很有可能的状态，这是人们的日常经验，在这个世纪里，天使的脱逃不断发生。这是一个大胆的推测。我本人更倾向于天使的动态守衡学说。）

关于这个“什么”，关于“天使是什么”的话题，存在着重要的文学论述。比方说，斯韦登伯格[2] 不仅曾跟许多（一大堆）

[1] 杜克·迪·安格利斯四重奏是美国作家托马斯·品钦的小说《熵》中出现的一支乐队。在这篇小说里，品钦用热力学中的“熵”现象来描述人类社会。

[2] 伊曼纽尔·斯韦登伯格（Emanuel Swedenborg，1688—1772），瑞典科学家、哲学家、神学家、神秘主义者。他自称运用特殊的冥想方式，在天使的引领下拜访过古今中外在天堂或地狱里的人们。

天使交谈过，而且还把天使们跟他说过的话逐字逐句地记录下来。这些天使就跟人一样，一目了然——当然不用通过肉体之眼，而是用灵魂之眼。

斯韦登伯格知道许多有趣的事：一个天使不能站在另一个天使的背后，不能看他的后脖颈，因为那样会干扰来自上帝的仁善而正义的自由电流（洪流）；天使们总是不厌其烦地面朝东方，因为那里有太阳：上帝；他们的打扮与自己的才智相符，才智最高者的长袍飘扬似火，才智其次者的长袍璀璨闪耀，才智较弱者的长袍闪着瓷白或乳白的光，才智更弱者的长袍霓彩斑斓。不过，天堂内廷的天使们赤身裸体！

但是可以这么讲，这所有的一切，现在已然不再是这样。

我们应该感谢古斯塔夫·达维逊（我们理应对他心怀感激）在他的百科全书里收集（记载）了许多我们关于天使的知识。（达维逊:《天使词典》，纽约，伦敦，1967 年出版。）他们的名字依次是：天使艾鲁塔贝尔，天使弗利格涅，天使伽普，天使哈提法斯（一名光彩照人的天才），天使莫莫（一名堕落天使），天使麦克特洛，天使欧尔，天使拉什，天使桑达尔封（比五百年的行军还要漫长——但也可能是我的误解），天使斯玛特。达维逊将天使分门别类：雷霆天使，他们围守着天庭的宝座；嚎叫天使和呐喊骑士，他们的职责是赞美颂扬；特使，集观察者、传信者和警告者（鼓励者、示意者、保护者、督促者）于一身。我则要加上布鲁诺·甘茨和奥托·山德尔这两个柏林天使的名字，[1] 还有勃拉日和裘裘。

约瑟夫·莱昂斯在1957年出版的书名为《天使心理学》的专著里，格外详细地记载了当时的天使意识。莱昂斯确信（承认），每位天使都知道从自己或从其他天使身上可能知道的一切。天使拥有一个严密封闭的体系，不可能有哪个天使会比别的天使拥有得更多或更少。快乐与惊恐在同一双眼眸中并存：这就是天使。在两者之间：产生了诱惑的歇斯底里。天使不会提问，因为提问源于不知（源于意识到自己的不知）。天使不会好奇，因为没有什么东西能让他们好奇。天使在这些方面区别于上帝和人类。天使甚至不会惊讶。他们知道可能获知的一切，可以这么讲：可能获知的知识世界需要呈现为有序的结构体系，而天使早就全然超越了这个体系，将它远远地甩到了身后，并且切实可靠地掌握在手中……人类对掌握在天使手中的世界感到犹疑不安，而上帝则对天使之手感到犹疑不安。

但是这所有的一切，现在也已然不再是这样。

有趣（特别）的是，许多关于天使的论述实际是关于人的论述。这些故事（话题）有着内在的联系。比方说，人们发现莱昂斯讲述的的确是精神分裂症。他脑子里想的是人，说的却是天使，在他写这个话题时，这种情况不止发生了一次——多恩阐述了一个这样的观点，当人们在对他们与宇宙的新型关系

[1] 维姆·文德斯导演的电影《柏林苍穹下》中两个天使的扮演者。

进行思考时，当人们意识到事物的相似性时（一个天使，就像一只绿咬鹃，或者说更像一个人，或者说更像一段音乐？），也会对天使产生影响（鼓舞）。

后来，艾尔麦维奇以坚实的笔力（确信无疑的态度）作出假设：天使肩负的使命为他们对自我身份的判定提供（奠定）了基础。一个天使在做什么，他就是什么。因此，他们需要谋取新的角色。（注意，随之而来的是含糊不清的思忖。）不管怎么说，自从天使纪元开始之后，天使的怨气已经持续轰鸣了几个世纪，有一位天使认为，过去是崇拜和赞颂，现在是唉声叹气，叹息本应是天使之事。叹息的形式应该是倾听，反之，荣耀的光环应该与歌咏（歌唱）相伴；然而（不过）倾听却违背了天使的天性。

有一个相反的观点认为，天使应该强调（想要证明）混乱。关于混乱的存在，他们有五条重大（巨大）证据，首先是上帝的缺席（旷工）。其他四条也可以找出。然而（不过）与此同时，可以感觉到天使对混乱的激情并不高。

天使们认为值得考虑的最严肃也最激进的建议是，否定自身，让自己远离存在：不再存在。这种由此产生的巨大（令人惊叹的，硕大无比的）高贵感，不难成为灵魂傲慢的见证：这种对自身的否定终被否定。

除此之外，还出现过其他的想法，更加精细也更加复杂（或不太复杂），但是没有一种绝对诱人（动人，撩人）。

我在电视里看到了著名的天使。他的长袍流光溢彩。我这里讲的，是天使在今天的情形。他宣称，从—某—种—意—义—上—讲，天使跟人类一样。崇拜的问题是关键性（核心性）问题。他说，天使们试着相互崇拜——我们也同样这样做，这个问题涉及了我们——但是他们最终对此感到“不满足”。所以他们将继续寻找新的定理（法则）。

我们诀别了伟大的多恩。另外，我弟弟认为（的确，他说这话时差不多已经喝醉了）是芙丽索娃毁掉了他的生活。一方面由于他憎恨女人，从那之后他一直就这样，怀着一股不愿收敛的力量；另一方面由于他不可能忘掉她，不可能将她从自己的脑子里剔除。如果时隔两三年后在街上碰见，在布拉格，在维也纳，或在布达佩斯（有一次在塞本），他就会感到不适，胃肠痉挛，忍不住要呕吐，至于呕吐什么，则取决于他吃的东西。在我看来，我可怜的弟弟（其实他后来又结了婚，并有两个孩子）很爱自己的工作，因为在那里他可以得到人们的尊重。

裘裘在听一盘他从一位名叫山多尔的少校那里得到的磁带，一首萨克斯四重奏。捷克萨克斯之父（也是斯洛伐克的单簧管之父）托马斯·瓦茨曾在什么地方这样写道：我们不能演奏的东西，我们就“别演奏”，因为演奏毕竟需要……

他累得筋疲力尽。附近居民已经跟熟人似的跟他打招呼。除了想要完成工作，天使别的什么都不想。他做什么，他就是什么。上帝是一切，人类是尘埃——此时此刻，他也许两者皆爱，因为对他来说两者均有诱惑力。他已经不再为安娜担心，不再为他们是否将迷失而忧心忡忡，他什么都不想，无论是好是坏，他什么都不想，就连惊喜也不想，其实这是个好的征兆，但是好的征兆他也不想。他不喜欢在地球上逗留太久，他在心里打着报告的腹稿:“是时候了，我的上帝。夏季已经很长了。”或者:“够了，我的上帝。你的夏季太长了。”或者:“准备好吧，我的上帝。你的夏季该结束了。”“夏季，裘裘，我的小家伙，夏季。”老板很可能会这么说。

安娜像台风一样掠过整条街巷。“如果我没有猜错的话——如果——只要等到天黑，一切就将结束了……可是现在勃拉日在哪儿？”裘裘总感觉勃拉日不在，即便勃拉日就坐在他身边，他也感觉不到他。裘裘已过而立之年，尽管他尽力克制着自己，但猥亵的念头仍在他的体内滋长。天使们来，天使们去。他忽然禁不住笑了起来，因为有一个念头在脑际闪过：安娜也是一位天使的制造者，可以说她几乎就是。(“你的天真在哪儿呢？我没说你把它丢掉了，而是问你，你的天真在哪儿呢？”有一回，一个朋友这样问他。)

在蓝灰色的朦胧里，勃拉日出现了。要知道，天使们都长得很高很白。但勃拉日看上去还不到一米八。他没有钻进车内，只是侧身坐在车门口，就像罗马女郎坐在摩托车上，背冲着朋友。他们沉默了好久，带着天使的思考。裘裘的视线无法从这个青春男孩的后脖颈移开；这个我们暂且不谈。但他是否完成了妇科医生的任务？有没有发生并发症？不管进展有多慢，他们都应该为了上帝的荣耀而完成使命。这时候，勃拉日突然开始歇斯底里地嘶声叫喊，就像一个老妇人，就像一个巫婆：

“我是光明的奴隶！启蒙的掮客！幻想的附庸，”他喘了口粗气，继续嚷道，“光辉的苦力！”

“你喝多了。”裘裘闭上眼睛，但是勃拉日没有听懂，他已经不再是天使了。他心里想着安娜，想着她那健壮的大腿和脊背的曲线，他还想到那条窄小的、幻想中的丝绸内裤。我想你，我想你，我想你！勃拉日感觉自己并不完整，他对自己的拥有少得可怜，所以他才想念安娜，他只能化身在自己体内，但安娜却不能化身到他的体内。情况大概就是这样。在最后几天里，他就像一位蹩脚的马戏团魔术师，耍尽了浑身的所有招数，时而巧妙隐身，时而变成阿兰·德龙，只为吸引安娜的注意。他的心脏剧烈地狂跳。他觉得，这种内心的躁动，是六翼天使的歌唱，他的想象虽然不太合适，但很浪漫。裘裘心中有数地听凭勃拉日伏在他的肩头呜呜哭泣。

噢，那个女人，那个安娜，就是一个天使。至少她是天使的后裔。她的雀斑可以做证，那是太阳留下的痕迹。长雀斑的人也是光的生灵。他幻想她穿着夜礼服，脸上洋溢着真诚的情感，伴着柔和的乐声翩翩而行……我，我要违背你的意志，违背你的意志，他附在女人耳边悄声低语，她面带微笑地点头默许，好，好，那就这样，你就违背我的意志好了，她温柔地抚摩男孩的脸，男孩也抚摸安娜的脸，摸她的鼻子，摸她的嘴唇，还有她那些金色的雀斑。突然，男孩将脸埋在她的乳房之间。勃拉日竭心尽力做着男人式的想象。他甚至做出那副扭曲的表情。

黑夜中下起了霏霏细雨。男人和妻子躺在床上，腹中的孩子之事，借助天主教精神得到了解决，周围的邻居，只有等那辆“秘密警察的汽车”开走之后，他们才能稍稍地松一口气。对于勃拉日的果断决心，裘裘不知道是应该报以不屑，还是表示钦佩，他俯下脸轻轻吻了一下男孩的头顶。他们的目光都没有看对方。勃拉日砰地撞上车门，拉达车腾空跃起，消失在云端。老猪倌将啤酒杯从嘴边移开。警车怎么会开在空中？他见怪不怪地挥了下手，世界上已经没有什么能够再让他感到意外，他心中暗想：那帮家伙肯定又发明出了什么送信的暗道机关……

小勃拉日，邻居家的帮工，悠闲地散步到街口，靠在一根溅了黑色沥青的电线杆上大口大口地用力吸烟。他把烧得殷红的烟蒂弹到地上，烟蒂“咝”的一声在潮湿的路面上熄灭了，不管怎么说……不管怎么说，这只烟蒂曾是世界的中心（而且现在也是）。

不忠篇

我还从来没有见到过如此赤裸的女人。

——《莫尔瓦的祷告》

选自文集《沉默是金》，布拉格，1958 年

亲爱的博胡米尔，

ja kvam pisú csivó zse bólje

sto ja magú jiscso szkazaty –

对不起，打搅您了。

我（我们？）对时间太慷慨了。

我很希望有一天能与您通信。我幻想着信件在我们之间往来交错。——亲爱的博胡米尔，我现在谈的并不是您：您最好能够嘲笑我。一方面我相信这样的（这样爱笑的）人，另一方面我又觉得受到了伤害。

您想让我勒索您吗？“一封信笺，轻得让人觉得可怕，又能够讲述得如此之多”，这是尤若夫·阿蒂拉[1]在自杀前的几星期写下的。我将把您塞到信封里。

夜深了，这是一天里最复杂的时辰。

一切都可以轻松进行。

我做了些吃的东西。家里来了两位我先生的朋友。（他们是贵客。）总共有三位英俊男人。他们彼此是那样不同。我喜欢他们这样互不相同。我尤其喜欢这两位客人。我还喜欢跟他们拥抱。他们都有很好的气味。（有一位蓄着带泥土味儿的胡子。毫无疑问，他是土生土长的匈牙利人。）他们不仅气味很好，而且值得给他们烧饭。

我婆婆对菜谱表示极度不屑，受她的影响，我也这样。尽管她有几道一成不变的拿手菜，炸肉排配灌肠面疙瘩或在肉排旁边摆上辛辣酱（很简单地将果酱和芥末酱拌在一起），在有客人来时，我也希望自己能出手无误，通常是烤一块调料味很重的猪排，但是尽管我有自己的拿手菜也无济于事，从来烤不出同样的味道。我之所以这样善变，是因为不能保持同一副样子；我的多样性就是我的局限性。一样东西将做成柠檬蛋糕还是巴亚鱼肉汤——只能在做的过程中自行确定。

事实上，“我做饭既像她又不像她”给我们的生活带来了幸

[1] 尤若夫·阿蒂拉（József Attila，1905—1937），匈牙利诗人。

运，以同样的方式，我既是替代他妈妈的妈妈，但又不是。——可以说，古雅什汤是我们冲突的根源。他母亲不这么烧古雅什汤。那她怎么烧？她是这样，这样，比方说，她把土豆切成条。好吧，我也切条，但是烧出来的汤还是不一样。难道要把它烧煳了吗？别犯傻了。好吃吗？非常好吃。那再简单不过，我们别再叫它古雅什汤。可这就是古雅什汤，他辩解道，眼里流露出一股无辜。不，这是三角包或苹果饼。他盯着看了好一会儿，好吧，随后严肃地点了点头。（“你在苹果饼里加的辣椒粉加够了吗？”如果有人听到这话感到有点吃惊，一点也没有什么奇怪的。）

以前，在十年以前，我喜欢举办家庭晚宴，门窗大开，院子里头点上灯笼，所有的邻居都可以随便进来，我很讨厌的那些人（或者由于他们非常讨厌，或者由于我对他们持有偏见）也可以过来偷窥。我会做些简单的烤菜，但并不是那种烧烤大餐；我最拿手的该是烤咸肉，这种时候，街上会呈现出“最简单事物中所包含的丰富性”，比方说，脱掉法袍过上了完美家庭生活的神父，老姑娘，有五个孩子的鳏夫，还有一位当过委员会主任的男人，他在1956年被起义者赶到委员会驻地的房顶上，其实他当时就已经跟现在一样老，也是一百公斤，起义者们要他亲手将那枚立在房顶上的红五星搬下来，他爬了上去，搬了下来，他的头发花白，就在他递交红五星的刹那，他的头发当场变白了。许多年来，他总是坐在屋子里，从来不出门，甚至从不站起来，就连喝水也不肯站起来，而是让他的孙子递给他。我从来不敢向他女儿问他的情况。巴拉尼·拉茨夫妇认为，他早死了。战争爆发前，巴拉尼·拉茨的父亲在多瑙河岸边开过一家带庭院的饭庄，他站在栈桥桥头，渔民们围向他，他用手指指点点地点名要鱼："我要那条小弗兰克，还有这条玛丽。"他是那么地喜欢鱼。

当我们刚搬到这里时，他们用了很长时间才将我们作为成年人接受（一点一点地，逐步逐步地），他们习惯把我先生当成孩子。我公公一直是我们的邻居，如果偶尔他过来串门，会毫不犹豫地把我烧的饭菜塞进肚肠，带着冰冷的友善训教他的儿子和孙子孙女，给他们讲 der-die-das 的玄妙，或者站在院门口跟邻居们聊天，邻里间的关系非常好。——这是灯光带来的变化。因为无论什么时候人们从街上回家，晚上八点也好，半夜一点也好，徒步，微醺，意识尚清，或者搭乘出租车，总能看到我丈夫的房间亮着灯，于是暗自揣摩：他们是不是忘了关灯了？秋天，当院子里的灌木丛枝叶枯萎，他们这才发现：他们能看到隔壁老先生的儿子弓腰驼背地伏在写字台上。他在干什么呢？（在咬他的钢笔，他在干这个。）这已是一个高深的问题。孩子们的出世，澄清了他们心中的疑团。我在他们眼里比较正常，我总是喘着粗气、满头大汗、踉踉跄跄地拎着沉重的购物袋，他们弄明白了我们的关系：原来隔壁老先生的儿子是那个女人的丈夫！他是一家人的经济支柱。他需要挣钱养活妻子和孩子们。所以，在夜晚里，在灯光下，他肯定是在干某种工作或类似工作的事情。他们是勤奋的劳动人民，是行为古怪的劳动人民。

邻居们很少过来串门（谢天谢地），周围的朋友也少了，尤其是那些可能成为朋友或类似朋友的人少了，在青年时代，我们身边这样的人不仅很多，而且都是那么充满希望。但是现在少得屈指可数，而且只用一只手就可以数得过来。

您知道，博兹克，在这个政治体制里生活四十年是什么滋味，咳……我想说的是：不好。当然，在这四十年里，模范们到处都在增肥长膘。我从厨房里就可以听到他们。假如欧洲的思想（这种思想的掌管者是男人）陷于困境，并在餐后甜点端上来之前就声称“价值是某种需要被创造的东西，是某种新鲜事物”，那么一名在厨房里勤快麻利的“洗碗仙女”的处境不管怎样都该算幸运的。我嘴里唱着歌，心里想着上帝，想这到底是怎么回事，想时间怎么越流越慢，已经不再能将我旋卷，每天早晨你都要知道你要做什么，为什么要做，每天都要辨识你身上的魔鬼，因为当你照镜子时，你问：为什么？你却缄口不语。如果我朝一侧歪头，脸上的肉会跑到头的那一侧，如果再朝另一侧歪，肉也会随着跑回去，就像人们在船上惊恐万状，只求船别沉得太快。这个政治体制把人变得日益孤单。抗拒毁灭，你只能调整你自己，我们没有可以用来验证我们映像的传统，因此我们没有伙伴。那个冯塔纳[1]，他有人依顺，所以他有平心静气的根基。

他们已经喝了一点儿。我的幸福伴侣在两位严肃男人之间紧张地眨眼。更糟糕的是，他的眨眼是有逻辑的。我看到，他坐在沙发里越滑越低（这个沙发是从街上扔的破烂堆里捡回来的！博胡米尔，假如你需要一个收拾破烂的女人——没有比我更好的了！），我看出来了，他又没有了自己的原创想法，他的神态是那样专注，他希望能开掘朋友们的大脑。他说了句什么，他的话引起一个朋友的哈哈大笑，这个朋友是我现在比以往任何时候都更喜欢的一位，他这样说："你想借此逃脱。这招儿有效。不过你忘了一件事，没有人，没有人能够逃脱的。"他仍然在笑，他的笑并不勉强，而是苦涩的，他平时总是这样。这时候，我能从他的脸上看出来，他是多么孤独，这个没有人可以帮他。没有什么可帮的。

"有时当我醒来，当我在半梦半醒之中开始重新感觉到自己，整个的地方，我的整个房间都在刺痛我，窗外展现在我眼前的风景也刺痛我，孩子们去学校上学，人们上街采购，每个人都知道自己该去哪儿，只有我不知道我想去哪儿，我迷迷糊糊地穿衣服，身子摇晃，当我一条腿蹦跳着提裤子时，踩到了

[1] 台奥多尔·冯塔纳（Theodor Fontane，1819—1898），德国作家、诗人。

自己的裤子上”——这是您写的，博胡米尔，您已经不想再看自己，因为自己的样子也会刺痛您，您在浴室里的样子让您惊恐。

那好。既然惊恐，那您就别照镜子了。回头让我看着您！有一天我会去布拉格找您（另外——哦，陈腐而愚蠢的命运——我先生回到家要写您和布拉格）。我在打扫卫生的时候，您会说点什么表示问候。我转过身，转了个圈，无意中看到浴室窗口挂着一条女人的短衬裙，活像一具女人的身体，而且是女人身体的一部分，从大腿根到乳房的那一截，似乎您并不需要其他部分；您神色淡漠地摘下裙子，连瞧都没有瞧一眼，就扔出了窗外。杀人犯，我轻浮地一笑，献出了自己，但对自己的性别缺少共存的意识。

也许，我找您的时候您没有在家。您可能正在街上溜达。我对布拉格并不感兴趣，“充满魔力、富于情调的金色布拉格，她是城市中的女王，雍容华贵的街区，通向过去的街巷”，但我只对您感兴趣。赫拉巴切克，我彻底为您疯狂。我从一家酒馆找到另一家酒馆，您不在“欧塔”，也不在“毒绿”，“金虎”里头也见不到您。我是不是该去鱼街里的中央旅社找您呢？也可能我该去凯尔什库森林里的哈耶卡饭庄？那也有点儿太过分了。在品卡舒酒馆里，我是唯一的女人，大家全都盯着我看，但那里也没有您的踪影。正如古老的捷克谚语所说：喝热啤酒不会让人发胖。

我们丢了的一条猎犬，金毛、衰老、瘸腿，而且情绪懊丧。

提供计算机程控的、货柜式的建筑垃圾清运业务。

请您尽管放心拨打！攀岩工作队负责拆除已经过期废弃了的政治标志，免费，保密。请回信给“傻瓜，你真可爱”。

出售混合袋装的生物蚯蚓，每袋 18—20 菲列[1]。

（这是我念给您的。）

我梦见了您。

我没有告诉他我做的梦，我没有必要惹恼他，按理说，本应该由他梦见您。至于您，本应该编织一些多彩的情色之梦，但取而代之的却是一番重要谈话。

有时您谈的是，假如在一个国家已经下了几十年或者更长时间的雨，暴雨倾盆，瓢泼狂泻，细雨霏霏，漫天喷洒，我们所有人都会被淋成落汤鸡，我们的衣服，我们的衬衫，我们的鞋子，我们的眼睛，我们的大脑，我们的骨头，我们伟大的荣耀，我们的神话，由于潮湿，女人的内裤发了霉，乳罩散发着一股霉味儿，这么说，那个地方也下雨（那里不能不下）……雨无处不下，在音乐里，图画里，文字里，在所有的场景里；在小说里下雨并非没有必要，虽然那里可以阳光普照，但那是另外一种阳光，雨中的阳光。我们在雨中以一种方式写作，在阳

[1] 菲列（Filler），匈牙利货币单位。

光中则以另外一种方式写作。在雨中，小说的主人公们会很快死去。

还有的时候您谈被子。“这些家伙，”您指的是谁非常清楚，“这些家伙，那些在布拉格的家伙们，他们拿走了我们的被子，之后还给我们一条小的，我们所有人的手脚都瑟瑟发抖地露在外面。不管怎样，这总比什么都没有强。时过不久，我们的孩子们长成了成年人，他们以为这些边角料，这些施舍品——就叫做被子，以为一块碎布头就是被子。他们以为被子本来就是这样，我们的脚本来就该伸在外面。之后，他们从我们的孩子们那里拿走了叫做被子的边角料，随后又把边角料的边角料叫做被子。我们从芝诺那里获知，被子总会有的。这就是社会主义的本质。”

早晨，我忽然想了起来，您讲的这些我曾从我公公那里听到过。我把你们这些年长的空想男人混在了一起。

即便如此，我也梦见您了，醒来您消失得无影无踪。早上我只记得一句话：“世界并非变得越来越坏，而是越来越不那么纯真了。”这句话说得非常棒。

徒劳无益。我徒劳无益地打发时光，消磨时光，把它藏起来，把我自己藏起来，躲避外界的视线，唠叨絮叨胡说胡扯，糟糕，出了麻烦，博胡米尔。我说的麻烦是，我的月经该来没来。您不要吃惊。当然，您也不是一个喜欢大惊小怪的人。一位端庄的女士应该管月经叫什么？一个温柔贤淑、名副其实的布拉格女士？一位见过卡夫卡的端庄女士？我的月亮之钟走慢了？好吧：博胡米尔，我亲爱的，看起来我遇到了麻烦，我的月亮之钟走慢了。

我将变成一个什么样的老女人呢？作为女人，我还勉强说得过去，但是作为老女人，那太可怕了，实在超出了我的承受极限。我婆婆她们是最后一批人——她们过了七十岁还顾虑重重地在意表带和围巾，鞋和手包，天气和口红，情绪和裙子长度，化妆和对外交际，一旦有什么觉得不妥（自然不可能什么都妥），她们不仅会清楚地知道，并会为此感到痛苦。人造皮会让她们感到不适，甚至发烧，她们从来不说"棒碴儿"，"今儿个"。在她们心里有一股自豪，这种自豪只有海轮船长心里才有：这是我的轮船，这是我的海域，我为这一切担负职责，我可以斩恶除邪，辅仁助善。我不相信只有我婆婆跟她那位古铜色皮肤的漂亮姐姐才会这样，那是一对雍容典雅的姐妹，我在城里遇见过像她们那样"得体得冷漠"的老人昂然走过——不过应该指出的是，她们并没有得体到滑稽的地步。

她们将会死去。每个星期五都去买鱼，这样可以有所寄托。我不知道自己该寄托于什么。这些礼帽和围巾，问候的方式，这些空洞的形式，博胡米尔，我并没有说这些空洞的形式表述了命运，但至少是一种得体的生活。我可以这么讲，那种得体并非来自上帝的恩典，但是一个万事万物都各就其位的和谐世界，也许在那个世界里缺少公正，甚至连自由都十分有限，但你可以在那儿找到自己的位置。这一切都已经结束了。

我经常想起您的妈妈。现在，我看到一张她的照片。我看到的就跟真的一样，那是您亲笔写下的。我要是能够问她一些什么就好了，问一些，亲爱的，如果您不在意的话，我想问些您从来没向她问过的问题……

我并不关注任何事情，只是去做。我知道这样不赖，但是假如我既不关注，也不去做，那会怎样，那将会怎样……

我婆婆的姐姐说："我的孩子，他们来了，我没说错吧，那些英俊的俄罗斯人进驻到这里。现在我不想钻牛角尖，不管他们到底有没有强奸你先生的婶婶，我想说的是，她并不是你的亲戚，而是你先生叔叔的妻子，我指的是，他的前妻。你看，不管她是否遭到了强奸，还是由于她的行为不检点，故意招惹是非。总之，在当时，这种不存偏见的期待不仅可以理解，合乎情理，而且还是必须的。是的，当第一批俄罗斯人出现在我们街上时，我至少应该揣一块红手帕，或染上红指甲。但我什么也没有。浑身没有一点红色。那是多么失礼啊。只是后来我流了鼻血……"

克尔斯树林里有许多猫，您喂它们。想到这个，我就心情愉快。博兹，总有一天，在一个普通的日子里，我会梳妆打扮，仿佛是去参加舞会。但我只是去厨房洗碗。如果我先生从屋里出来，他会一声不吭地看我好久。他说我很像布拉迪斯拉发犹太学者的闺女，她是不是很爱您，您是不是也很爱她，她是叫“佩尔拉”吗？明天我去把这个孩子打掉。我上一次怀孕，是在我们搬到这里的时候。搬家之前，我们先要卖掉以前的那套小房子，有一对夫妇是最有可能成交的买主，他们购房的愿望无可置疑，一切都让人非常放心，价钱也已经谈妥了，他们没有预付订金，我们也没有跟他们要。我跟那位妇人已谈好了细节：窗帘他们要，但长椅不要。我还向他们介绍了邻居的情况。那位妇人曾是一位女法官，我先生有一次问了一个他会对每位女法官都问的问题：“今天几个？（今天她总共处决了几个？）”他咧嘴一笑，自以为问得十分巧妙，但是得到的是对方巨大的沉默。第二天，妇人过来量房里的某一个尺寸，看看能不能放组合柜。她有点醉酒，我猜她喝的是法国白兰地，于是我立即拿出一瓶劝她喝（我其实更爱喝李子酒，我知道有几个好地方，在那儿可以搞到又香又醇又烈的白兰地）。当只有我俩在一起时，她肚子里的话便滔滔不绝，后来我先生从我嘴里听到她讲的一切，他被吓呆了，在这个地方总能曝光出某些东西，他想说的并不是“某些东西”，而是总能曝光出同样的东西。尽管整个国家死气沉沉，万马齐喑，但死人的腿仍露在外头，几十年来，在这里差不多每个小时都要处决百十个人，平均每分钟一两个，假如中央政府的行刑手打了个盹儿，比如在看电视或跟母亲聊天，那么死刑就会推迟执行，计划就可以耽搁一下，这样的事情就像从地里爬出的蚯蚓，就像长满癞斑的土狼。对我丈夫来说，这一切慢慢变得难以承受，他告诉我说，他对这些事情的反应只剩下了恐惧，根本没有时间进行关注、感到好奇，或表示愤怒。我丈夫对这些事情的感受是准确的，女法官谈的也正是这个，“让我们喝点白兰地吧”，因为女法官的哥哥早在读高中时就被秘密警察带走了，他的睾丸，请原谅我，我亲爱的，被他们钉在了桌子上——这简直就像是民间传说，博胡什[1]，他们往人嘴里撒尿，把人钉在板子上，拔人的指甲，这些令人发指的暴行酷似传说中的七首恶龙和暴虐小王子——她哥哥爱她的孩子如同自己的孩子，但是值得讲述的并不是这个，而是什么人主持审讯。不是别人，正是她哥哥最要好的同学，那家伙早就下定了决心，报名参加了秘密警察，因为他想为人民服务，因为他们家在战前贫困潦倒，他父亲由于没钱看病，四十二岁就死于肺结核，现在，那帮家伙们想要考验他一下，看他能否承担更艰巨的重任，这两个同窗好友面对面地站着——明天要参加数学考试！——那个同学浑身发抖，女法官的哥哥也出于恐惧浑身发抖，一个施虐，一个受虐，那个同学，“白兰地在哪儿？”那个迫害他哥哥致残的家伙就是她的丈

[1]“博胡什”及下文出现的“博胡塞克”、“博兹克”、“博兹”都是“博胡米尔”的昵称。

夫！！！——“您为什么给我讲这些？”安娜问。“请不要对我用尊称。你要相信我！让我们再喝点儿白兰地吧。我丈夫已经提前退休。我们查了你们的档案。没什么问题。”女法官说。“你在说什么？”安娜问。“别紧张，我没说什么。我没有什么可说的。”女法官突然开始抽泣，没有眼泪地失声哽咽，流着口水，歇斯底里地揪我拽我抱住了我，她让我感到厌恶，她把脸贴到我的脸上，她让我感到厌恶，她用手抚摩我露出的胸脯，她让我感到厌恶，我厌恶地开始抚摩她的脖子，她的颈背，按摩她的脑袋，试图让她镇定下来，这时她吻了我的头发，同时将腹股沟贴向我的大腿，我从她的怀里拼命挣脱，气喘吁吁地与她对视，我眩晕得要比她还厉害，她在片刻之间恢复了理智。于是，我多了个敌人，她让我丈夫明天去她的律师那儿。“明天，我亲爱的，明天将是我们的重大日子。”出门时，我丈夫不无担忧地看了看背包，生怕里面装不下那么多钱，因为他不清楚那是多少张钞票。后来，我丈夫回来了，他站在门口，我只要瞥一眼他的手，那只像企鹅翅膀一样垂着的手，就知道卖方的事情吹了，他们肯定改变了注意。一个月后，我丈夫实在忍不住了，他给女法官挂了个电话，通名报姓之后，女法官说：“您有什么事？请讲。”这时，这位一向温和的男人喊了起来，确切地说，他差一点就喊了起来，因为他不知道该喊什么，只好结结巴巴地说：“您不能这样，您不可以这样，您这么做不可以，这么做，不，不应该，您为什么要这么做呢？”沉吟了片刻，我丈夫再次小声地问，“您为什么会这样？”买主的奇怪回答让我丈夫听了莫名其妙，“就因为这个，”女法官说，“先生，女孩的体位变了。”我丈夫喃喃自语：“女孩？体位？先生？什么女孩？什么体位？什么先生？”这时，女人背后传出一个男人的声音，一个令人胆战心惊的声音：“去你妈的，快给我放下。”女人立即挂断了电话。

我猜想，我爱人受惊要比我更早。有一次，他在讲台上朗读什么，他忠实的妻子坐在台下倾听，有一个脸刮得很光、皮肤棕褐、运动身材的男子坐到我旁边。你要小心，安娜，我暗中思忖，如果这家伙不是秘密警察，那么我就是，但我还没当秘密警察。那个男子开始跟我小声耳语：“等到晚上，等到再晚一点的时候，咱们三个好好聊聊。”“您这么小声在嘀咕什么？”我悄声反问。“我这么小声？”他向我耳语，“当然是在跟您说话，亲爱的。”这种文体对我来说并不陌生，在他的袖口上写着名字：费伦茨。“费伦茨，请你别再叫我‘亲爱的’。”他向我凑近并直勾勾地盯住我的脸。“晚上我们已经有安排了。”我小声告诉他。“太遗憾了！”他小声说，“要知道，对我来说，如果能跟您的丈夫——匈牙利文化的杰出代表一起谈话，将是一种何等的荣幸。”去你妈的！我实在忍无可忍，我不管什么无产阶级专政，“亲爱的费伦茨，你要知道，我先生晚上需要跟女人在一起，您要明白，这对我来讲也不是一件容易事！”话音未落，我从座位上猛地站起，甩动的发梢扫到他脸上，讲台上的朗读者恼火地停顿了片刻，这远远超出了我的承受力，我冲出会场，冲进厕所，身子靠着瓷砖墙上，心里感到阵阵恶心，这种恐吓与阿谀令人作呕。“以后咱们可以找个时间稍微聊聊。”我故意装傻，没有人相信我会装傻，但我慢慢地学会了装傻。后来，我爱人总是生气地训我，责备我，要我别跟那帮家伙逢场作戏，他说话的语气跟我公公常用的一样，他们似乎很清楚自己在说什么：这不是游戏，在这里你只能当一小会儿威武的骑士，因为我们是在陌生的异地，这里比任何地方都要光秃、混乱、赤裸、荒芜，因为生活有一个小小的秩序，没有人可以搅乱它，但那帮家伙在任何地方都有自己横行的途径，他们能把一切撕得粉碎，结果导致你不具备任何的自卫手段，因为他们并不指控你，你没有内心的自由与独立，只有被动与无奈，因为你没有地方可以隐藏，只有贫瘠、荒凉的风景，玻璃的世界，很可能他们在跟踪你，也可能他们没有跟踪，没有谁会答复你，因为你连询问的可能都没有，这里就是一个这样的地方，你坐在一个荒凉的森林边缘，眼泪咽到肚子里，你是一个享有全部选举权的公民。

这不是一件令人愉悦的事，不过，假如我丈夫没有受惊，那会更糟。比如说，只要他朝某个警察瞅上一眼，就知道至少要罚两百福林，无论他是多么和蔼，温顺如羊，他的眼睛能从对方的脸色里一眼读出：如能被罚两百福林就算是我们的幸运了；而我的小叔子则是一个很实际的人，只要看到眼前的利害，就会轻易屈服，我先生坐在车内，他弟弟站在车外跟警察砍价，点头哈腰，鞠躬赔笑，四百,三百,一百，嘴皮子反正不值钱，他很会逢场作戏，警察先生这个，警察先生那个，我先生亲眼看着他漂亮而懦弱的弟弟被魔鬼的权力拖到了铁丝网上，够了！他像寻找圣杯的勇敢骑士一样挺身而出，寻经觅典、旁征博引地说明：到底应该谁服务于谁，警察该是公民权益的保护者和文明社会的勇士，我们生活在一个法治的国家，几位警察洗耳恭听，礼貌地告辞，事后举报了我的小叔子。过了些天，我的小叔子拿来一张账单，他说，既然我丈夫那么想要体会自由的感觉，那么这两百福林罚款应该由他来交，他问我先生明不明白。他总是很烦自己的哥哥，从来不听对方的回答，从来不等哥哥把话说完，他就发动汽车扬尘而去。

就当他哥哥高傲地反驳，说他根本就没有什么好想的时，汽车的轮子早已转动，我咧开嘴灿烂地一笑，就像一个二十世纪的圣母玛利亚（彩色版画）。我的小叔子提出的那个不留情面、颇为不敬又很坦率的问题是：我们想要怎么办？比方说，假如这种事发生在我身上该怎么办？

现在，我感到害怕，或许这是有生以来的第一次。

我也很想征服我的小叔子，但我不能说我做到了。在这个地方，我必须要征服一切。您知道，博胡米尔，当我看到您家的老照片，当我看到您的父亲弗朗茨，看到贝宾大伯，看到啤酒厂，我非常理解您的妈妈。我还要征服这幢房子，我有点怕它，我觉得自己多少有点背叛了它，冷落了它，欺骗了它，遗弃了它。

这幢房子对我来说沉重了多少，对我先生来说就轻松了多少，孩子们住在这里，我们修盖了顶楼，房子发生了变化，这幢老屋发生了改变，新辟出的蜿蜒小径，出乎意料的空间与寂静，周围的路径也发生了改变，新的角落出现了，以前闲适僻静的地方，现在经常会有人站在那里（大家庭），打一个既恰当又不恰当的比方，就像古雅什汤，是一场过去与现在的游戏。想来他也一样，我的丈夫，这个曾经是现在已经不是了的孩子，这个正在黑暗之中惊恐万状地在那面空墙上摸索旧开关的人。

修建房子，第一次立竿见影地让我的小叔子一家意识到了我到底是谁。在此之前，我跟他们之间的距离远得就像拉贝河畔乌斯季与耶路撒冷的距离，远可以远，近可以近，一切全都取决于他们。他们并不情愿意识到这一点（包括我丈夫在内），除了他们之外，还有别人，他们已经习惯了接受他们自己，这是一个仁厚宽容的开明家庭，但他们的仁厚宽容只表现在他们之间……自从我们搬到这里，我的小叔子一家总是片刻不停地絮叨，说自己幼稚得如同两岁的婴儿，因为他们同意跟我们换房（我们把他们挤了出去，但实际上，我们付了他们钱），因为他们为了几个钢镚儿失掉了这幢可以跟托斯卡纳别墅媲美的房子，感觉像是遭到了掠夺，未能享受自己本该享受的合法权益，他们假装开玩笑地说这些话，仿佛是在试探我，看我能不能听懂他们的笑话，他们在伤害我的同时，还试图让我意识到他们对我由衷的厌恶，试图让我感到内疚，至少唤起一点点的感恩之情。他们只把厌恶发泄到我身上，而不是在他们的哥哥身上，因为他们不敢那样，想来他们的哥哥是他们的骨肉。我并不想隐瞒，博胡什，我对他们越来越反感。

“我可爱的孩子”，有时候我这样叫他。但是您（或者他？）肯定管理着一个很大的花园，并跟全能的上帝一样一遍遍地重新计划。我还是没有去看医生。

修盖房屋使我们获得了许多经验，我们被卷进各种新的、非同寻常的、全然陌生的人际关系和成年人的处境之中，我不想谎称我们总能够驾驭局势。我们慢慢学着用何种方式对付那些严肃的男人。无论木匠，还是石匠，他们都是很严肃的人。石匠和他的施工队在开工前的半个小时就坐在了我们的院子里，他们一起吃早餐，师傅将面包掰碎分给周围的徒弟，就像一家之主为孩子们分饭。这就是威信，我们最好学着接受。让我们感到恐怖的是，他们要喝那么多啤酒。我们后来又从水管工和暖气工那里获知，石匠们喝啤酒并不算很多，他们只是喝啤酒，而且完全值得信任。不久我们还发现，跟这些人谈判，光拥有威信和智慧远远不够，即使有洞察的能力、狡猾的灵活、得体的机敏也无济于事——我丈夫只要稍加努力，就可以表现出这些美德——我们还需要积累经验，比方说，出其不意的手段和语言学上的经验。

中欧人与工匠们谈判，要走一条漫长的路，显然从布拉格到贝尔格莱德都是如此（甚至在古姆百货商店里购物，也可能要使用这种知识），这条路，博胡米尔，请您原谅我这样讲，与维特根斯坦的路相平行，这种典雅端庄、结构严谨的观点为一种较为实用、更柔顺、更温和、更人性的现实理解所替代。比方说，我丈夫起初这样以为：他们一旦说出个价格，说出什么东西值多少钱，是因为那个东西的价值确实该值那么多钱，要少了太愚蠢，要多了不诚实；他并不知道，他们第一次开出的价格狗屁不是（顶多是一种友好的暗示：这里有些事儿要处理，有些工作，还有些罚款，但我们现在先别说这个）。在第一个月里，我丈夫毫无争议也不声张地付了工钱。到了最后一个月，争辩对他来说已经变得习以为常，沉默变成了漂亮的对话，争辩，简直可以说是舞蹈，那是一种高贵、中性、力量与美丽之舞，对话，两个人的对话——两个男人的对话！——或者谈天论地，或者缄口倾听，听世界的述说……述说它自己。最后终于达成了理解，我们的钱也花光了。

我们的精力也消耗完了。您不要小看我的丈夫，博胡米尔，他有生以来从没有干过体力活儿。的确，您也不是生来就干体力活的，因为一个人不可能生下来就是……谁知道呢……我丈夫学会了背水泥袋，开始的时候，他把水泥袋抱在怀里，小心翼翼，情深意长，像是抱着一个熟睡的婴儿，如同一个刚当上父母的人，总是精神紧张，生怕纸口袋会突然破裂，生怕细细的灰色粉末如同霏雨漫天飞扬；过了一段时间，他偷偷注意到别人怎么做，只需在水泥袋下拧一下肩膀——用一侧的肩膀扛水泥，感觉像被水泥袋推着，身不由己地往前走。

但是后来，他能够感觉到的只有精疲力竭，凌晨起床，永远处于准备状态，处于一个不运转的国家的寻常日子里。“我的本子上都是灰！”有一天，我丈夫冲我大声喊。出于某种原因，他也开始恨我。鬼知道究竟因为什么。事实上，我很清楚他心里知道是因为什么。如果他希望我知道什么，而我却不知道，他就常在夜里告诉我，在我睡觉的时候。我已经梦见过您许多次了，博胡米尔，您肯定知道这种感觉，一个人夜不能寐，辗转反侧，郁闷叹息，抱着没有希望的希望不肯睁眼。

他只是说啊说啊，“你为自己修盖房子，好吧，房子，家，小窝儿，好吧，母亲们，主妇们，女人的力量，好吧，但整个该死的修盖过程，让你变得兴奋，就像你在擦那些老古董桌子……你的能量情不自禁地灌注到你抓在手里的门把手中……在这个过程里，你眼看着砖石一块块地垒砌，我知道，垒砌的砖石来自你的身体，你的血汗，每个角落都如此熟悉，都记录着胜利与妥协，你仔细抚摩刚刷上石灰的墙壁，心里感到由衷的自豪。”他陷入了沉默，他唠叨后的沉默总令我惊诧，哪怕在他一个人时，或者说他以为自己一个人时。

他跪坐起来，我惊得浑身肌肉僵硬，他赤身裸体地跪着，大声叫喊:“我在这儿只是一个小帮工，我知道……所以你才把我一个人扔下……但我不想对门框和横梁产生嫉妒……我能够感到，这一切都在满足你的快感……你的身体什么都不需要，你的身体不需要我，我不能接受这个。”但是，当他面目狰狞地猛摇我时，我可笑地装作还没有苏醒，仿佛晕倒在男人的手臂里，我的脑袋和手拧来扭去，假装做了一个噩梦，假装在梦里遭人强奸，我只是装成这样，博胡什，其实我什么感觉也没有，因为我真的需要睡觉，第二天我要在天亮时赶到舒依马尔砖厂，我无需挣扎地睡熟了。

时光流逝，日子穿梭，情况发生的跟所希望的一样，我们在一帮精力充沛的小伙子的帮助下，只用一天时间就搬进了新家，但是要想住在里边，要想让自己在房子里边感到舒适，要想让所有的东西各就各位（那是一种缓慢而可爱的流浪，如同大自然的造化），要想找到“在家”的感觉，还需要很长时间。（在一次同学聚会上［毕业二十周年］，我们的班长［一位男士］回忆说，我丈夫早在上学期间就住在那里，他微笑着问他:“怎么，你是不是以后会死在那里？”我丈夫不知该怎样回答，于是尴尬地跟着我讪笑。）

亲爱的，我的情绪不太好。您别把这视为不忠。

真倒霉，我现在不想要更多的孩子。迄今为止，我什么都不曾想要过，没想要过孩子，我从来不觉得不要孩子有什么不妥……的确，如果深思熟虑就不会有孩子，就不会在这个地方生孩子，婉转地说，在这个地方生孩子不合逻辑。

我不想要，不想要，不想要。我不想挺着大肚子，挺着圆滚滚的大肚子，我不想在半年里总穿同样的衣服，我不想吃补铁的药片，不想呕吐，不想疼痛，不想去医院，不想让陌生的男人们微笑着在我体内摸来摸去，我担心我的乳房，我不想让它们肿胀，不想让它们萎蔫（博胡米尔，我的老兄！你知道我上次看到了什么！我在一个女性的日光浴场所，看到一位年长的母亲，但她有一对跟女学生一样美丽的乳房，我目不转睛地盯着它们，我是那么喜欢，竟然没有察觉乳房的主人正目光冷峻地冲着我笑！），我不想折腾孩子的尿布，不想弄屎弄尿，甚至不想让自己更加漂亮，我不想一切从头开始，也不想要新的快乐，因为对我来说旧的就已经足够了，这已让我很难坚持到底。

我的身体，亲爱的，精确得就跟钟表一样，所以我心里从不害怕。现在，我感到害怕。这表明，我遇到了麻烦。所以情况很麻烦。

“我有一个天鹅的故事，”我丈夫说，“我想把这个故事献给他（他指的是您）。”怎么样，他真够神经的吧？“从前在德国的某个地方，在一座城市的湖畔，每天晚上都有一只燃烧的天鹅冲天飞起，divne ptak[1]，烧成灰烬之后，一头栽进水里，市民们吓得胆战心惊，于是安排了巡夜者站岗，抓住了一个年轻人。一天晚上，那个人又用面包诱来一只天鹅，他将一瓶汽油浇到天鹅身上，然后点燃，津津有味地欣赏那只飞入夜空的天鹅……被捉之后，年轻人辩解说，他是受到萨尔瓦多·达利灵感的启发，达利画过一只燃烧的长颈鹿，每天夜里，那幅画面都出现在他的梦境中，他梦见燃烧的长颈鹿和萨尔瓦多·达利虐待狂式的残忍方式，那个房间开始让他感到受伤。起初，他想把汽油浇在动物园里长颈鹿的棕毛上，但是长颈鹿太高他够不着，于是他将一只温柔的天鹅诱骗到身边，当天鹅冒着火苗腾空飞起，飞到高空，他在夜空里看到了萨尔瓦多·达利画的那只燃烧的长颈鹿……从那之后，世界再不会伤害他，他并不知道，他创作的这幅画搅乱了我的心，正像曾经美丽的天鹅坠入水中，搅乱了平滑如镜的鱼塘水面……”

---

[1] 捷克语，意为“神鸟”。

我有一个想与您分享的秘密。它还没有让我感到压抑。您不会知道谁是库古托维奇·马诺;他是众多地图测绘员中的一位,一位曾经存在过的国家的地图测绘员。您的国家,您现在的国家,被人随意割划的国家,我的国家也一样——这些国家几乎不复存在,可以说存在,也可以说不存在。

坐在市区的一条长椅上——气喘吁吁——有一位老妇人坐到我身边,看起来我在她们眼里颇具魅力,因为在我周围总有几位喜欢凑近我的老妇人,她指了指沃罗什马蒂广场,指了指瓦茨大街,让我看看这座城市被那帮家伙搞成了什么样子,搞得再好,也不过是一个波坦金村[1],不过她要我相信,布达佩斯确实曾是一座神奇的都市。她说:“人们本来可以在这里很好地生活,小姑娘,以前我很喜欢在街上散步,喜欢购物,观赏风景,因为我喜欢让自己感到年轻,毫无疑问,谁都喜欢年轻,但我喜欢这座城市的原因并不是这个,而是因为这曾是一座真实的城市,如同巴黎或柏林,真实的城市,住着真实的人。”

对您来讲,博胡塞克,布拉格是一座真实的城市,我能够感觉到这一点。对我来讲,布达佩斯不是这样。但是以后我将让自己扮演库古托维奇·马诺的角色……以后我将成为坐在您身边的那位老妇人。我要让自己变老,好与您相配,我不会为您腰疼的毛病担心。我不奢望您当我的骑士。我无需奢望,因

[1] 波坦金村,政治术语,指为了粉饰太平而搭建出来的、自欺欺人的政治门面工程。

为您的庄重气质远远超出我的想象。我要让您相信，我这里有一片浩瀚的海洋。我要将多瑙河拓宽，那是我的基本职责。我们坐到那片布达佩斯海洋的岸边。布达佩斯，坐落在以你的名字命名的海岸边，这是渔民的天堂，那里以小龙虾著称，匈牙利人称之为“古雅什”。我们在这里吃小龙虾，喝着清凉的白葡萄酒，这种时候我们还吃炖肉和香喷喷的粗麦面团，reprove，knedlík，zeli（烤猪肉，面团子，焖圆白菜），以免让人传闲话，说我们缺少民族情感。海洋最本质的特性，是它总在变化之中。从另一片海岸，从另一艘木船。一个人看海，是一个样子，如果和别人一起看海，又是另一个样子。

“饭菜已经摆在了桌上。”（维克多·雨果）

您愿不愿意让我带您到处走走？去吃，去喝，去旅游？博胡塞克！我想好了！以后我来供养您！让您老了当一次吃软饭的舞男。你觉得这个主意怎么样？您别说，我的这个念头跟您的思想格格不入……你只需将账单寄给我，一切费用由我支付……啤酒，书籍，香槟，女人，噢，女人不行，我会抓瞎了您的十只眼睛——我说反了，应该是：我会用我的十个指甲抓瞎您的两只眼睛，不过西服我会给您买的，当然是一件私下成交的斜纹软呢外套，还有一件时下流行的西服便装，袖口需要挽起来，价格便宜得滑稽可笑……

您会为此感到惊讶。您本来想要保护我，您本想要替代我父亲的位置。我确实需要一位心平气和、听天由命的捷克父亲……不管怎么样，菲利普·洛特妈妈总爱这么说：“我的儿子是医生。”我则想说：“我的父亲是捷克人。”至于我丈夫，如果不太较真的话，可以给他找一位漂泊的母亲，他不是个斤斤计较的人——对他来说这就已经足够了。

或许这就是所谓的“好事太多”？（您有没有想过甜蜜何在？在何物之中？莫非是我太贪心了？）乔尔吉娜小姨有一次问我（她仿佛在问：你累了吗？你会德语吗？）：“你太贪心了吧？您是不是太贪心了？”

很想挽着您的胳膊，稍稍挎紧您的胳膊肘儿，您对此不但毫不介意，而且没—过—多—久，您也挎紧我的胳膊。我们就这样聊得滔滔不绝，我们的喉咙似乎永不会干。我带您游遍匈牙利。或者游遍整个世界？或者只是一个房间？不管怎样，只有我和您，我们两人，咱俩一起，我们可以成立一个多瑙联邦！那些傻瓜们会看得发呆！在您的国家里他们会不会反对呢？我丈夫不会意识到……他只会为小民族的问题得以解决而兴奋不已。

我们要能在一起就好了，我别无奢求，只要能够在一起，我们一起住在布达佩斯或布拉格，我们一起飞来飞去，您在飞机上总感到不舒服，手心冒汗，胡言乱语，狼狈不堪，您的神经有点儿过敏，您把头靠在我的肩膀上，靠在一个年轻女郎的肩膀上！我会握住您瑟瑟发抖、布满老年斑的手，我从您的手和您脸上的皱纹里，凭着想象读出您的一行行文字，看到多得不计其数的人！他们都是您笔下的人物，都是些如中魔法、令人难忘的捷克面孔……小说家不过就是讲故事的人！如同一个幸运小子。

我们的存在并不像光，而像一块面纱，一场寂静无声、霏霏飘落、有些刻薄的绵绵淫雨，在雨中，一座座城市虽光彩四射，但并未丢掉它们背负的、融在血液里的悲伤。即使怀着苦涩的心情品味我们途中遇到的平庸琐事，也会让我们心中充满了美好。（您这样说过。）

我们的存在会激发他人的存在。请您想想，博胡什，这是一种何等的狂热！所有的人都会这样！噢，天哪！没有人能够躲藏起来，最多只能蜷缩在自己千疮百孔的命运背后，这根本就称不上是躲藏。

这一切都是逐步发生的，如同社会主义的全球性胜利，先是物体，后是狗、猫、鸽子和天鹅，最终是人类自己。比方说，桥上的交通情况乱七八糟，混乱不堪，但这并不影响从卡洛伊大桥下汤汤流过的多瑙河，这只是让人吃了一惊，多瑙河，从这个角度看，宽阔湍急，如同大海，为了让您高兴，我将把它变成海洋，变成浩渺的布达佩斯海，这个预期的目的已经达到，并没有大到辽阔无垠，流经我们的院子后面。

我们是河的子民，您也是，我也是。也许，这片海洋会不会是不忠的标志？胜败的标尺？人类正在跨进的，到底是一个什么样的陷阱？

（——因为他将所有人撕碎扯烂，因为他是一个这样的人：他将自己所爱之人撕碎扯烂，然后跟小孩子一样惊诧不已，惊诧于自己无力将他们重拼到一起。）

那么，明天我要把孩子打掉。请您在午夜零点准时等我，并不是因为有什么事情将在那时发生，其实那时候什么也不会发生，我只是想让您想起我。您想象一下，他们在跟踪我。这些家伙疯了。这么说吧，我从来没有追逐过社会主义的海市蜃楼，这对我来说也太过分了，即使白痴也该有个极限。

（有一次——曾经有一次，在很久很久以前，那时候革命还被称做“反革命”，屠杀还被称做“悲剧”，一个国家遭到掠夺，却以自我批评的口吻将其归结为“错误”，杀人犯虽被指责但不被追究罪责，然而，在赤色、白色、棕色和七彩斑斓的恐怖之后，被称为“改革的共产主义潜流”的灰色恐怖却和平地继续，相对而言，在这些故事里并没有隐藏着太多的宣泄，没有谁被送上绞架，没有谁被大卸八块，实际上，人们只是听从莫斯科的指令，他们的生活并不像在三四十年前那样遭到彻底的毁灭，历史并没有将他们打翻在地，而是让他们醒来后坐在一条陌生的壕沟里，只有壕沟是他们生活中残存的可抓之物，不，并不是那样，那时人们的生活并没有被掀得底朝天，而是……而是倾斜，衰萎，生命退化。

长话短说，地下出版物终归是地下出版物，我们未来发展的保证是一党制，有一次，我一点儿没跟您开玩笑，民主政体的警察铁拳落到了我的头上。我买了一麻袋土豆，在我家门前拐弯（就在那儿，就在现在那帮家伙开的拉达车所停的地方），我感觉像是在一部彩色的美国电影里，从矮树林后突然窜出三辆尖叫的警车，闪着蓝灯将我团团围住。一问一答，他们有点蛮横无理；不过他们很快意识到，他们搞错了。“同志们，你们跟我纠缠是白费工夫。”我仿佛是在想象中的巴尔扎克时代——您猜他们说什么，他们要我以后注意保持我那辆“特拉邦”[1]的清洁，否则会影响市容的！我辩解道，特拉邦车就这副德行，影响市容。

在我们街区住着一个发行非法出版物的年轻人，他们把我当成了他。近几天，我在电视里看到了他，当那位一贯完美、身穿毛衣的执政党代表信誓旦旦地向他表示同情，并对他在过去十年中的言行的重要意义表示充分肯定的时候，他却一动不动地坐在那儿，神色严肃地沉默不语。的确，这本身就是自相

[1] 冷战时期东德生产的一款廉价劣质的家用轿车。

矛盾，要知道那位执政党代表当时的职责，就是要阻止他的言行。主持人认为，我们生活在一个“过渡期”。——博胡什，您有没有在“非过渡期”里生活过？

以前有过一次，在另外一段过渡期里，我曾为您流过眼泪，我亲爱的。“赫拉巴尔在1975年初接受的采访里，并没有怎么做自我批评，而是急忙对应届党代会上作出的模棱两可的决议表示衷心拥护。当时还在家乡的卡列尔·金茨[1]描述说，布拉格的年轻人对此做出了回应，他们在康帕岛上，在风景如画的摩尔多瓦岛上，公开焚烧了他们的偶像赫拉巴尔的著作。”我的第一个孩子正是在那年出生的。那时候我经常想起您。我憎恨那些狗屁不是的文化走狗，那些盗尸贼……我的老朋友，当时我曾给您寄过一块罗德岛的鹅卵石，上面有一圈圈的白色斑纹，非常罕见……我还在上面粘了只白象，您知道的，那是里尔克的白象[2]……Nehci, abys na to odpovídal，我不想回答这个问题。）

他们的汽车已经在这里转悠了好几天（！）。我是在告诉我丈夫我又怀孕了的时候注意到他们的。从那之后，我一直觉得他们在跟踪我。我可以告诉您，他们是两名年轻男子。有一个，其中的一个，要比另一个还年轻些。您要嫉妒就嫉妒吧，博胡米尔·赫拉巴尔。他们窥视我，打量我——没错，没错，他们用

[1] 卡列尔·金茨（Karel Kyncl，1927—1997），捷克作家。
[2] 详见里尔克的诗《旋转木马》。

充满敬意的眼神轰炸我。

今天我起床很早。我不喜欢也不习惯早起。我母亲和我婆婆，她们五点半就起来了，七点钟已经一切准备停当，餐桌上不仅摆好了餐具，而且热气腾腾……这一切都已成为了过去。一切全都结束了。在我孩子们的脑子里，这样的早餐——至少在欧洲——通常只在星期六和星期天才会有，这只是周末的饮食形式。

我一眼就看到了他们，他们正四仰八叉地坐在拉达车里睡觉。我蹑手蹑脚地走过去。他俩长得非常漂亮，不过……是两个男子！胡子拉碴。夜晚，当我们在屋里无忧无虑地睡觉时，他们的胡子在悄悄地生长。这个让我颇受触动。可怜的孩子，胡子竟趁他们睡觉的时候这么无序地胡乱生长。显然，他们的头发和指甲也在长，我仔细看了他们的手指甲。我最近发现，他们已不太摆弄别人的指甲了。不再像以前那样动不动就拔掉谁的十个指甲……不过耳光他们还是扇的。没错，他们仍会扇你的耳光，拳打脚踢地把你揍成肉酱。他们是打手，恶棍。年龄大些的男子的嘴向下耷拉，仿佛是他自己拽的，嘴角弯曲好像在哭，一幅哭的速写，一张风化了的正处基督之年的男性面孔。

然而，他们是非常可爱的胆小鬼。我多次看到，他们想要叫住我跟我搭话，尤其是那个年轻点儿的。但是他们犹犹豫豫，吞吞吐吐，简直就跟废物一样。也许他们是聋哑人。

告诉我，我生命中的唯一，博胡米尔——正直的博胡米尔！除了您以外，不可能再有第二个博胡米尔——我真的很想与您一起在布达佩斯的海滨漫步，在沙滩上赤脚行走，您穿着一双与您的社会地位相符的烂得不成样子的帆布鞋，微风中有一条长椅，我们坐下去又跳起来，您再次在我跟前感到自己的衰老（其实这一点最不重要），为此我感到很生气，对我来说，我要想变得跟您的年龄一样其实很容易，请告诉我，我生命中的唯一：您认为，那两个聋哑人会是国家安全局派来的秘密警察吗？您会这样回答我："我的小心肝儿，秘密警察现在已经没有了！"因为您清清楚楚地知道，什么是秘密警察（在您的国家也这么叫吗？）。在我们去多瑙河畔郊游，您开始不慌不忙地给我讲一个故事，在索洛维茨[1]或另外哪座集中营里，有一位擅长收集金牙的看守，他有目的地挑选并且处决犯人，他用这种方法像蚂蚁一样地积攒金牙，但是，他后来遭到社会主义者的司法专政，遭到镇压，被判了十年，但他只坐了十二天的牢，等等等等，您肚子里装了那么多故事，没有您不知道的故事，所有的故事您都知道，人们请求被派到您的身边工作，他们在凯

[1] 位于俄罗斯北部白海群岛，1926—1939年，岛上的修道院被用作劳改营，是苏联"古拉格"劳改营的早期样板。

尔什库森林里艰辛跋涉，寻找您的小屋，如果您不在家，他们便在门外等候，他们也会喂那些野猫。波兰的故事，斯洛文尼亚的故事，罗马尼亚的故事，鲁塞尼亚的故事，您会在海边把这些故事讲给我听，离伊丽莎白大桥只有一箭之遥，这些故事立即会变成匈牙利和捷克的故事，这主要还是因为我们，您搂着我的腰，您的手紧贴在我的肋侧，您讲的都是一类故事，只是所用的定语有所不同，色彩和激情略有变化，但是它们一样悲惨，一样赤裸，都是一样的流浪故事。人们在村子里猎捕信鸽，并且保证不伤害它们的一根毫毛，然后站在环绕村庄的五座小山上，在信鸽的爪子上缠上火捻，用火柴点燃，将他们放生，放他们回家！人们站在小山顶上，一直看到一切燃成灰烬，这是一个俄罗斯的故事；从前有位很有天赋的小提琴手，他站在大门后面，清楚地知道坦克在几秒钟内就能将一切碾在轮下，他开始拉琴，几天之后，人们把他从那里拖走时，他已经疯了，已经老了，而且面容干瘪，这是一个匈牙利的故事，够了！您抬起那只长满老年斑的手，伸向我的脸。

不过，我的提问可以让您感到为难，您想了想说：“亲爱的，至于他们是不是聘用聋哑人，我不知道。假如那个聋哑人合适的话……”您的目光投向酒杯，笑了起来，“……但是有一点我能肯定，他们总是需要那些像坟墓一样死寂的人。”

（像坟墓一样死寂。自从 1989 年后，这句话在匈牙利语里失去了意义。坟墓讲了太多的话，一直讲到令人信服。)（我刚刚读到一篇“关于1956年那一排为了报复和恐吓的机枪扫射的官方版本”：四万多名王储、公爵、伯爵和男爵们，他们从一出生就将戴上切佩尔岛钢铁工人的假面具，胳肢窝里夹着面包，袭击那些正在和平射击的秘密警察。[1]）

我丈夫有一位同班同学，机灵至极，聪明绝顶，聪明得光彩四射，看上去酷似米克萨特·卡尔曼[2]，嘴里总是喋喋不休，他的手胖得成了一个球，手指粗得跟香肠似的，尽管他肢体的每个部分都显得粗糙笨拙，但是他的手仍在空中挥舞自如。他的所有祖先都耕田种地，用马克思主义者的口吻来说，“几个世纪对知识的渴望都集聚到他一个人的体内”，他如饥似渴地渴望知识，在大学的第一堂课上，教授既没有讲学校的规章制度，也没有提年级组织的郊游活动，而是开门见山地说：“大家好，同学们，让我们来看集数A。”就在这一刻，在这位十八岁年轻人的心中生出一股无声的景仰，他认定自己来对了地方。一个月后，他被召进了警察局，从那之后整整五年，他每星期都会收到几张小纸条，“来自你的数学家朋友久里的友好问候。”在小酒馆里，在咖啡厅里，后来他们坐进了汽车，在繁华的城里

[1] 指1956年匈牙利十月事件。
[2] 米克萨特·卡尔曼（Mikszáth Kálmán，1847—1910），匈牙利作家。

转圈，在无人的街区兜风，再后来，他们甚至在夜里碰面，一声不吭地坐几个小时，有的时候，他们把车开到一片农田，停在尘土飞扬的土路上，然后等待，沉默，“我们在等谁？”等待，沉默，“我们在等谁？”汽车的马达仍在转动，男孩和三个哑巴似的成年男人坐在一起，“等你，拉茨。”他们彼此已经以你相称，“等你，拉茨。等你的脑子最终开窍。”他们彬彬有礼地一直把他送回到家门口。每隔一段时间，约什察克少校就从布达佩斯下来指导工作，这种时候，他会紧张得大小便失禁，最后他要在一张纸上写下，他知道的一切（可他什么也不知道）都是国家机密，如果他不能沉默得像坟墓一样，他可以被判五年徒刑。“今天，那里可能还有我的签字，存在档案柜里，天啊，这样的字条实在太多太多，在六七十年代，在人们所说的物资积累阶段，在田园牧歌时期，在对我来说的恐怖岁月，那时我还是一个孩子，什么都不知道，‘让我们来看集数 A’，这个我知道，这个我想知道，我并不是懦夫，但我不知道什么是什么，我不知道什么意味着什么，我在心里计划了许多次，很想在拥挤的学生餐厅里跳上桌子，滔滔不绝地说啊说啊，一直说到冲着他们叫喊，一直说到全校的同学都开始呕吐；那时我还是一个孩子，他们恐吓我，但不能恐吓我的整个一生。”他从恐怖中爬了出来，他的眼睛跟以前一样闪亮发光，就像一名狡黠的、从某种难以言传的角度来说是一位王子的吉卜赛老妇，久经锤炼，极其精美，在他的体内凝结了世纪的精华，土地的沉重和集体智慧的精华，每当他去上课，他都会说：“你们好，同学们，让我们来看集数A。”

这里的一切都那么稠密，沉滞，让人憋得喘不过气来。这会让人不由自主地情绪沮丧，不过情绪沮丧并不是最糟糕的事。——您知道我常跟谁写信谈天气吗？跟我婆婆的母亲，而且用英文，为了能让我的外语有所长进。那时候，我对多瑙河西部的气象学的惨状了如指掌。我们将这些通信展示给我们的一位英国朋友，他兴奋地赞叹，我丈夫的姥姥的英语简直好得不可思议，比方说，我并不太清楚英语中有些表达方法不仅不能在口语里使用，而且也不能写在信里，否则会让人听了读了感到别扭，它们只能写在明信片上，我丈夫的姥姥对这类表达方法从来未曾误用过。英语是一种久经锤炼的精美语言。匈牙利语奇妙、细腻，但不精美。英语里没有——或几乎没有——诸如“不可以”、“不得体”或“不合适”之类的句子。英语能让任何人显示出天赋。“过去，一个英语动词经常以它模糊的形式在芭蕾舞演员中引发争议。”诽谤者则恶言相讥。

另外，我们的英国朋友经常带来鲜花，在这类东西上，可以建起一个全球帝国……

真是愚蠢。您为什么不住在这个街角，为什么住在那个“可恶的地方”？你离我太近，也离我太远。您应该住在这里，住在这个街角。我知道您对此心知肚明：我要享用您。我要抓住您不放。您是一个“适于所有季节的男人”。

假如我接到您的来信，我不会立即拆开。我先感到的并不是快乐，而是谨慎。小心翼翼。满怀兴奋。我要把信藏起来，并不是因为怕我先生看到（尽管我并不一定想给他看），而是为了避开自己，避开自己的好奇心，由于好奇心是非个体的，所以它会冒犯您。您的信被我藏了起来，这一天缓慢流逝，我耐心等待读信时机的成熟。我想让自己做好准备，充分适应。我做好晚饭，并用“犹大之吻”哄孩子们上床，我想蜷缩在屋子里最远的某个角落；与过去的一整天相比——您的言语，您众所周知的骄傲名声，都已经变得不那么重要了。

有一天我会向您解释，告诉您西班牙女人如何做爱。说这个虽然不切实际，但能让您增长见识。西班牙女人既强悍又顺从。如果您跟我一起散步，不必装得比实际年龄年轻一些。您想喘就喘，感觉累就说累！在痛快的做爱之后，西班牙女人通常会说她累了。“我累了。”随后伸一个懒腰。您要记住我说的话。

今天我做了一场美梦，我梦到了一个美丽的词汇——“蒙德西"[1]。蒙德西布鲁斯。哦，您知道的——我总喜欢用这句话做一封信的开头。

不过我们不谈这些。我们整日整夜都不谈这些，我们一天二十四小时都不谈这些。早上，孩子们都已经上学去了，家里只剩下我们俩，坐在灰暗阴冷的厨房里，我们两个都很困倦，疲惫不堪，我是因为这件事，他是因为您，博胡米尔——我无法忍受，我实在无法忍受他在知道我听不见时在房间里喊叫，准确地说，他知道我当时能够听见，只是我以为他以为我听不见，这是他羞怯的地方，就像山泉一样清纯透明，他对您的斥责十分激烈，一直熬到凌晨两点，我们都不看对方的眼睛，我们把一切责任都转嫁给您，亲爱的，我们将自己能够转嫁的一切都转嫁给您这个"捷克的野猪、帅克的后代、暴食粗麦面团的啤酒桶，昨天夜里我一直坐到两点钟，一声不吭，盯着黑暗，我没有干活儿，没有读书，没有思考，没有幻想，我只是坐在那里，大腿上摊着一本那个男人的书，一本提到啤酒厂和剪头发的书，我什么都不想，不想让书里的知识直接渗透到我的体内，倾注到我的怀抱中，不，我不想，就让时间缓缓流逝，就让我感到困倦吧，那样我可以最终躺下，再也不想做任何事情"；我们不谈那些该做的事（一个家庭作坊的日常琐事），我

[1] 蒙德湖（Mondsee），意为月亮湖，位于奥地利萨尔茨卡默古特。

们不用比平时尖厉的嗓音训斥孩子们，说“这不是饭店，我的闺女！”等等等等。我们的愚蠢飞速增长，甚至彼此不想说话，即使想说，一般也是通过孩子。通过孩子互相传话，这是父母最为普遍的一种劣行。

常言说，恐惧比受惊要好。我既感到恐惧，又受到了惊吓。这完全是一种新的体验。许多天来，我们都生活在谎言里，我并没有扯谎，日子在扯谎，空间、空气和我哈出的气在扯谎，我的两道睫毛之间、我的两条大腿之间也在扯谎，我的诚实也在扯谎。之所以如此，是因为我们置身于一个更大谎言的强权之下。

谎言王子和它的家族正不请自来地走进我们所有的厅堂，举办一场不甚高雅的盛宴，所有能够沾得上边儿的人都在这里，整个的巴黎……

我们的思想腐烂了；在几分钟内；如果我没有看到，我肯定不会相信。

疑虑从我体内油然滋长，本来在我体内就常揣着疑虑。我的身体并没有向我说明，只是惴惴不安：究竟出了什么事？情况到底怎么样？我不知道。不是我的灵魂，不是我的品德，不是我自己：我的身体，是我的身体辜负了我，是它对我缄口不语。在怀另外几个孩子时，我的每个骨节都感到快乐，感到迷狂。我的房间变得更加明亮。肉食品的价格下降了。街上的行人扭头看我，女人们嫉妒地小声议论，男人们则抱着无望的渴望，公共汽车改线而行，南非发大水，印度闹干旱——您理解吗，博胡米尔？整个世界发生了改变，中央情报局变成了文学自修协会，在菲律宾的巴枯帽里发现了能够证实上帝存在的不容辩驳的确凿证据。现在，我瑟瑟发抖，总起一身鸡皮疙瘩，我身上不仅起鸡皮疙瘩，而且长出了丘疹，我再次感觉到宫缩的疼痛，不，不，不，淋浴的时候我摸了摸乳房，什么感觉也没有，仿佛是被冻僵了，漫无知觉，我开始哭泣，我不想这样，没人想这样，谁会想这样？那么，为什么……对我来说恐怕最为私密的东西——我的身体，开始与我作对。我不忠的身体啊，请你不要抛弃我。

“赫拉巴尔”的意思是不是“抓挠”？（这个问题我不想去探究。）（我要抓挠您，我亲爱的。我被人抓挠。我想做第一位抓挠女郎。抓挠癖。被抓挠的咸肉。）

我已经泡了个热水澡，而且还喝了朗姆酒；我是偷偷喝的：当着彼此的面，我们并不公开扯谎，这个程度也是我们循序渐进达到的。——并不需要把话讲完，但我还是要把话讲完，博胡米尔，您也总习惯把话讲完，在医疗所里，我坐到了接生椅上，两腿叉开，将要出生的孩子正跟大夫握手，荷兰式的试剂托盘，“祝贺您，夫人。”

我的“小山雀”啊，他极力挑战自己所能承受的沉默极限。希望有一天，我能够独自找到解决的办法，我一个人，让我们希望吧。时间流逝，流向哪里？流向哪里？

当我说出自己恐惧什么的时候，那种感觉格外恐怖。因为我恐惧的东西小得可怜。这与我担心的结果截然相反。因为我这个新孩子毕竟让我有些担心，担心他以后不会给予，只会索求。我是说，这太可怕了，不管怎么，我已经跟您说了。我们感到无能为力，这种情况以前从未发生过（我知道，这件事本身就很可笑）。我只能选择坏的东西，我选这个，这个是坏的，如果我选那个，那个也是坏的，没有别的可供我选择，我选择这个，注定以后会遇到许多的难事和许多的好事，迄今为止，我们已经遇到了许多许多，可是现在，时间跟盗贼似的跟踪我们，就像它们跟踪所有人一样，我知道！现在，我将会屈服，将会随遇而安，我将会接受那些以前我从来不肯接受的东西，博胡米尔，我并不是说我以前从来没有放弃过任何东西，我在每秒钟内都在放弃着什么，那时候就连您妈妈也剪掉了一头啤酒色的秀发，而且我感到，我的生活变慢了，变快了，转变了，而且很多时候都变得跟我想象的不一样——但是，我并没有因为挫折而感到痛苦，我感到的甚至比这个还要少，然而更重要的是，我不肯接受事实本身的这个样子，挫折也可能已经结束，我现在惧怕的就是这个，惧怕挫折；但是如果我选择了那个，假如我选择了另一种可能，情况又会怎么样呢？假如在两年之后，有一天我在午夜时分从梦中惊醒，那时我会说什么？我会跟谁说什么？我会向谁倾诉并如何倾诉呢？我将会恨谁？会不会有我不恨的人？

我的鼻子出血了；这把我从梦中惊醒，而我们的阿提拉国王[1]并没有因为鼻子出血被从梦里惊醒过：我被吓坏了，一动不动地躺了很长时间，血流了我一脸，流到我的脖子上、睡衣上，渗到我的枕头里，血又滑又黏，我爬起床，用一条手帕捂住鼻子，脑袋后仰，在这摊污秽中我所摆出的这副傲慢姿态是多么地可笑，血流不止，一直流到走廊里，逐渐汇成一条小溪，流下楼道的台阶，我的鼻血在台阶上滴淌，这个场景把我猛然惊醒。也许在我的潜意识里，我希望孩子能通过我的鼻孔里娩出？

~~~~~~~~~~~~~~~~~~~~~~~~~~~~~~~~~~~~

[1] 阿提拉（Attila，406—453），古代欧亚大陆匈奴人的领袖和皇帝，被史学家称为“上帝之鞭”，匈奴帝国在他统治期间版图扩张盛极一时。
~~~~~~~~~~~~~~~~~~~~~~~~~~~~~~~~~~~~

没关系。我要跟我的神父谈谈，我心里暗想。但我有什么必要去跟他谈？我知道他将跟我说些什么。他知道的东西，我也知道。莫非我该留意的是，他将以怎样的方式在小声谈话中把他的同情与严肃混合到一起？我才不管这些呢。让他去生孩子吧。让大主教们去生孩子吧。如果他们出汗，我会伸手去摸他们可爱的小脑袋。

您知道我在想什么吗，博胡米尔？我想轻松、从容地在不知不觉中打掉这个孩子……让这一切，让这所有的一切，都仿佛真的从未在我身上发生过一样。我不会因此感到良心的谴责。所发生的事情好像是我读到的（或我写下的）。我希望这个孩子能够神不知鬼不觉地缓慢消失，在我丈夫的手里变成一个可爱的比喻，变成一只气球，或“百乐门”烟……

为什么？您为什么要把这么重的担子压在我们身上？——专业认知是腐烂的认知；只有整体认知才有意义，部分的知觉、残余的大脑和特殊的合理性是不存在的；我们现在只考虑对我们有益的东西；为了避免玩世不恭，我们创造了复杂的思想体系；我们踯躅其中，用不着意识到“胚胎也是人”的这个事实。我只是随便举一个例子。我并没有问，博兹，您……我真的没问。我敢保证：我会永远想着您。我必须尽快作出决定，没有遁词。

几天以来我拼命祈祷。就像夏日的暴风雨，更糟糕的是，如同一位旧货商。然而，我必须祈祷。祈祷并不能以扭转乾坤并在我们的头脑里点燃灯塔的方式为我们提供解决的办法，只能让我们麻木的内心发生某种极其微小的变化，要知道，是我们麻木的内心使得一切看上去无可变更，毫无希望，这一切都是由于在我们内心发生了某种极不合逻辑的细小变化，也许只不过是一个想要祈祷的蠢笨意图。

什么也没有发生。我每天早上都去做弥撒，从《圣经》的经文里寻找能够适合我的能够让人镇静的段落，比如“不要担忧，你们这些卑微的信众”等等；我去山里野游，坐在峭壁之顶，悬崖之巅，我尝试了一切（除了大海，我把大海留给了您，我亲爱的），尝试了一切可能把我引向无限的东西。我吃斋。我拒绝给他我的身体，不过，事实上他也没要，我们如同兄妹一样躺在床上，焦虑，紧张。博胡什，我已经下定了决心。在我的梦里，您变成了我，我就这样对自己说，对您说，或者您对我说：您也做一次梦吧，求您了，您也在梦里梦见一次我，在梦里，您会看到，我不是一个不知道领情的人。明天。那么就明天吧。

今天就是明天。明天夜里，难熬的明天夜里，可能发生的事情，留在我身后。我会把发生的事情一件一件有条不紊地告诉你。“预设的目标虽减少疲劳，但是增加酒的消费量。”这句话是您写的，我敢发誓。——我一般每隔五分钟就必须立即跟您说话，这使我的生活变得非常复杂。但是：已经做过了的事情不能再变成没有做过。要是现在您能在我身边该有多好。——要是，要是……要是教堂的塔尖上有一根阴茎，那它该是我祖父的，是的，我们要好好地散一次步，您会直接把我领上通往认知世界的路……

这天夜里。电话铃响，我拿起话筒，没有人说话，我可以听到对方的沉默，他挂断了电话。电话铃又响。对方问我：这个车牌以及挂这个车牌的车是不是归您所有？他说他是卡拉斯上尉。什么？克勒斯？“不，夫人，是卡拉斯。”他笑了起来。“对不起。”紧接着他告诉我，我的两个大点的孩子和我先生一起遇到了一场致命的车祸，两辆相向的汽车迎面相撞。“责任在谁？”我嘴里支吾着只挤出这么一句，似乎从某个角度看，我问的这个问题在此时此刻相当重要。“是一辆苏联坦克的过失，”卡拉斯上尉说，“但是夫人，如果您从中看到了政治意味，那您就错了。另外，请您相信，他们并没有遭受痛苦。”他撂下了话筒。我走出房间，走进厨房，吃了一口红椒粉炖土豆的冷羹。我丈夫经常这样吃，对此我实在难以忍受。最小的孩子，那个喜欢饶舌的小丫头，正发着高烧睡在里屋。我给她换了一条缠在手腕和脚踝上的湿毛巾。

有一次她摔倒了，蹭伤了膝盖，她像杀猪似的尖声哭叫。“别哭成这样，这么点小伤不可能把你疼成这样。”“一点儿也不疼。”“那你为什么要哭呢？”“因为我的皮肤弄破了。”她这样回答，所有不完美的东西都会让她感到疼痛。她是三个孩子里最难预测的一个，因为她自己作出所有的判断。我很高兴能在她的身上看到我自己，毫无疑问，在她的语汇里塞满了我知道的东西，她做事的样子总跟我们成年人一样。孩子们确实天真而野性。我见过她有时看我丈夫的样子，她似乎知道这个男人被她掌握在了手心里，她有时拥有优势，有时没有。

由于发烧，她的嘴唇干裂，气喘吁吁，我不假思索地弯下腰，脑子里面一片空白——我不是开始掐死她，而是掐死了她。好让我彻彻底底地孤单一人。我所有的亲属都必须死掉。还有我周围的那些人！这样一来，不会有人可以再让我记起一个未完成的、别的……电话铃响了，我很高兴，因为我知道，我将许多年不再跟别人说话，我不会再跟任何人说任何的话，我既不想通过我的话语获得同情，也不想唤起新的憎恨。在接完这唯一的电话之后，我将保持沉默。

电话是卡拉斯打来的。“安娜，是您吗？”我没有应声。“我知道您在想什么。至少我们已经尽了最大的努力，我们试图让自己看上去跟以往不同……谁知道，安娜，在人们体内究竟藏着什么样的野兽？这个问题应该由作家回答，而不是丈夫，安娜。”我又等了片刻，心里保持着自己等一会儿要讲话的愉悦。卡拉斯的声调突然变了：“你这个该死的烂婊子。你要是觉得忏悔能够帮助你，那么你已经蒙骗了自己二十年了！”

我摔断了电话。就在这一刹那，有人按响了门铃。我待在原地没有挪步。外面开始有人砸门。我赤裸着身子朝房门走去。“不要开门！”门外传来一个低沉的嗓音。我听出来了，是卡拉斯上尉，但我还是问了一声：“你是谁？”“你不要问。你还是不要知道这么多为好。赶快披上一件浴袍，免得着凉。”“你想干吗？”我尖声喊道。“以人民的名义”，他们本该像某部匈牙利彩色故事片里那样说，但他们现在保持沉默，我转身回到卧室，床头有一只秃鹫在梳理羽毛。从它的目光里，我看到了母亲永远的觉醒。

我平时并不常做这样的梦。我不清楚这个梦究竟预示了什么。早上，我看到这么多活人在我眼前晃悠，说话，刷牙，上厕所，我感觉有点儿恶心，我看着他们，心里却在想您。您要好好保重自己。您要是有个三长两短，我会杀了您的。我想做您花园里的一株多年生植物。我需要您那乖戾的性情。

上午。苔莉卡是我们从婆婆那里继承的，我公公对她的影响很大。“博士先生怎么了？他是一位好帅的男人！”她经常这样问我。她很会打扫卫生，我有点儿怕她，因为她总是固执己见，她憎恨书籍，“那些东西太容易落土！”她对每本书都抱着特殊的憎恨，她骂它们时，就像在数落自己的熟人：“那三个该死的克斯妥拉尼[1]跑哪儿去了？”（她是指一套小说集）“过来，我的小塞林！”（《走进深夜》）“快点儿过来，你用不着害怕苔莉卡！”她边说边抽小说的嘴巴，仿佛她真知道塞林是谁。两年前，她将一位消瘦、秃顶的男人领到女主人跟前，让他做自己的替补：“以后，费里大叔将接替我的工作。”从那之后，他们两个一起来上班，苔莉卡坐下，他俩要喝三瓶啤酒，当然，买酒则是我的任务，听她指使的那个酒鬼男人，说是“大叔”，实际要比她年轻十岁，有一次，我将一瓶法国白兰地忘在桌子上没收，苔莉卡喝得酩酊大醉，我回来后，她对我说：“夫人一定很喜欢男人的家伙，对不对？小心以后您会后悔……”费里大叔打扫完，垂着眼皮向我道歉，将膀阔腰圆的妇人拽了起来：“苔莉卡，我的天使，我们该走了。”她像个无助的傻瓜，不加抵抗地被男人拖了出去。

“今天我敢向您保证，我的女主人……或者这么说吧，我敢用我的信誉担保，”我刚从街上采购回来，她立刻告诉我，“费里大叔是同性恋，安娜，但他是一个好人，不爱讲话，不爱喝酒，您还想要他怎么样？我已经十二年没跟男人一起睡过觉了，

[1] 克斯妥拉尼·德热（Kosztolányi Dezsö，1885—1936），匈牙利诗人、作家。

那又怎么样？我不需要那个，费里大叔是个好人，他有一个男朋友，这是个秘密，我很理解，您知道，跟男人睡觉对我来说意味着什么？简直是地狱，感觉到的只会有痛苦，我总是怀孕，我丈夫有那么多又黏又烫的该死精液，他即使进了棺材也还会是那副德行，他说别人都能忍受他，我根本无法将他从我身上推开，他体毛浓密的身子和阴茎就跟胶水一样沾在我身上，好几次，我要用发卡把沾在身上的精液刮掉。后来，我讨厌他，拒绝跟他上床。他说，他要是不能再把脑袋塞到我的两腿之间，他就会死掉。我说，太好了，那你就去死吧！他真的死了，当然，我不相信他是因为这个死的，我从来就没有瞧得起过他，我才不在乎他把他的家伙带到哪儿去呢。我只有一次尊敬过他，破天荒地只有一次，那是在1948年夏天，当时他是位伞兵军官，在圣伊什特万日那天，他愚蠢地跳到了国会大厦房顶的铁尖上，人们抬头仰望国会大厦美丽的穹隆顶，'你瞧，苔莉卡，在国会大厦顶上的那个人是不是你丈夫？'有个熟人突然问我。就在那一刻我对他感到肃然起敬，但就那一次。"

在我眼前浮现出了一大堆发卡，它们形状各异，有新的有旧的，有的已经生了锈，有不少发卡上染着血迹，那是所有女人的全部的血；我看到了血痂、黏液和血浆里的血小板，血在我劈开的两腿间流淌，流到我绷紧的大腿上，流到我们无人在意的哭泣中，这些饱受摧残的身体，这些血痂、疮疤与伤痕，这些被蹂躏的姐妹们，还有我，一个活着的死人。——虽然如此，这仍不能说证据确凿。我思考的时候，像是别的什么人在想别的什么事，似乎与我毫无关联。我真的丧失了我自己，我没有遇到一个人能让我指着他说：嘿，就是你！我丈夫认为，擦窗户玻璃纯属浪费时间，因为清楚的玻璃是反自然的，所谓的“脏玻璃”才是有机的。真蠢。

采购。今天，当我看到——我有生以来并非第一次看到——牛奶从精心挑选的奶袋里滴到了精心挑选的面包上时，我有生以来第一次在商店里叫嚷起来，同时我把它们扔回到了货架上，塑料袋在我手中像一条挥舞着的鞭子，纸口袋则像一个推出的铅球，随后我分开周围看热闹的人群，在掌声中歇斯底里地冲了出去。

在杂货铺门口我迎面撞上一个来自拉普兰地区[1]的女萨满，她是一位行医的女巫，她吟了几句自己的“咒语”（那是一首治病的歌，一首远祖的歌）和“风之歌”。告别时，她握了一下我的手，直到现在，我的手心都能感到一股辐射的能量。如果我们愿意，一位像她这样的巫医能为人们的生活做多少事！

当我朝“拉达”走去时，他们发动起汽车，我加快脚步，

[1] 位于芬兰北部，在北极圈内，传说中圣诞老人的故乡。

他们也加快车速，我越走越快，开始奔跑起来，越跑越快。我站住，他们也跟着停下。我自己也不知道自己想干什么。我远远地望着他们。如果我把您当作我唯一的罪过，那又会怎样？那个年长些的（准确地说是更成熟些的）男子瞥了我一眼，感觉像是谁嫌弃了他嫖的妓女。那个年轻些的、身材修长的男子则跟那晚一样，把他的食指放到自己的唇上。他是要我闭嘴？还是在向我飞吻？

这句话当然是对您说的，博胡什，这本来就是您说的话，只是被我滥用了。如果我把你当作我唯一的罪过，那又会怎样？

下午。我耷拉着脑袋，只能看见人行道，我走路的样子，仿佛走在飓风里。我丈夫的妹妹帮我在她的妇科医生那儿挂了个号，她让我放心："那是个技术很好，人很正派的小伙子。"诊所里，给我看病的是位老大夫。我告诉他："糟了，我怀孕了。""什么？"我重复了一遍，之后又重复了一遍。"太好了。"他欣悦地说，我没有吱声，他接着问我，"这是第一次吗？"我说："不是，大夫，这已经是第四个了。"我们只有跟屠夫和妇科医生说话时才会这样腼腆。"很好，"老人一脸微笑地说，"太好了，"他愉快地上下打量着我，"好啊，小姑娘，这是件好事，第一个孩子最漂亮！以后你就明白了，我的孩子！别的孩子也都漂亮，但这个孩子是最漂亮的！你要知道，他会漂亮得跟你亲手创造的世界一样！”“教授先生，您没有生过孩子吧？”“怎么没有？！怎么没有？！”他疾风骤雨似的使劲点头，“我有四个漂亮女儿！四个！我给你开一点补铁的药。”“别！”我叫了起来，“我想打掉这个孩子！”他瞅了我一眼，笑容可掬地摇了摇头，好像在跟一个坏小子讲话：“那好那好，小姑娘，那就这样吧，我不给你开补铁的药，但你要吃许多苹果，而且，不管别人怎么讲，喝一两杯红葡萄酒对你的身体肯定有益无害，以后你就知道了。”

我扭头走出诊室，没说一个谢字。去—你—妈—的！我靠在屋外的墙上失声抽泣。

我在想您，博胡米尔。您是谁？我不想细说。

邻居家的帮工们嬉笑地冲着我的背影吹口哨。好吧，你们都来吧！我猛地转身，带着这副挑战的表情朝他们走去，那帮家伙顿时失去了疯笑的情绪。但其中有一个跨出人群，走到我跟前，他的嘴一张一合，但发不出声音。“哦……哦……”他支支吾吾，语不成句，他看我时的眼神却十分严肃。“呜—呜喔……呜我……们的哦—哦……上帝，呢咿—咿你，别—别—别急，漂噢噢亮哦啊雀—雀—雀斑。”我没有搭理，撇下他扬长而去。

在家里，我们接受了这个征兆。那位老人，那位耳聋的大夫，就是这个征兆。我们等的就是这个征兆。这么看来，一切正常。我们已经获得了指引，我们的路已经被指出。好吧，那就顺其自然。这些鼓励的话为我们注入了生命活力。我们把已经出生了的已经存在了的孩子们从厨房里撵出，然后打开了一瓶香槟酒。喝完酒，闷坐了一会儿。接下来我们应该做些什么？不知道。我们开始焦虑，但并非毫无准备地意识到，一切都又重新开始。征兆？什么征兆？在我体内的躁动不安，这就是所谓的征兆！请你回答，我为人母的身体！我的子宫，你说话呀！沉默，无声的阴道。

我必须离开厨房，我不想再看见这个坐在我对面的男人，他正绝望地期待能从我身上得到的东西，也是我期待能从他身上得到的。

我无助地离开家——我撒腿狂奔——去到“老猪倌”酒馆里弄一些猪肚儿。老猪倌已经死了，他生前常坐的那张酒桌不仅仍给他留着，而且桌子上总给他摆着一品脱啤酒，即“一扎再加一小截儿”。自从马利卡一家接管了酒馆，他们便按霍德梅茨瓦沙海依[1]人的习惯做猪肚儿，带汤，不配主食，只给一小

[1] 匈牙利南部小城。

块面包片。大家都管酒保叫马利卡，他是一个身高将近两米、总爱微笑的金发小伙儿，据说还是名潜水员，他喜欢别人叫他“马利卡”，尤其喜欢精致的物品，当他看到我那条蓝绿色的漂亮纱巾时，直勾勾地盯着我，仿佛我俩都是在水里，他伸手抚摩，抚摩纱巾，并在指缝之间轻揉慢捻，陷入沉思。“噢，我亲爱的，这确实是高档货，开司米的，马利卡。”我狡黠地说，他等了一会儿，等我放下手中的酒扎，他神态迷人地对我说：“亲爱的，百分之五十的开司米，确实很漂亮。”

现在，他在称猪肚儿。

起先，我没有认出这个葡萄牙人，尽管他只有四十二岁，但在他修房的时候，看上就去像是一位老人，而且稍稍有一点疯癫。据说，自从1956年发生了一系列事件之后，他看到了“就连上帝都变成了共产党人”的证据，无论在肉体上还是精神上，他都变得十分羸弱，工作努力，但效率不高，中午一点刚过，他就已醉得不省人事，睡在露天的施工现场，身上盖着水泥口袋，我发现之后，没有告诉任何人，而是在屋外放了一条毯子给他。

从那之后，他变得愈加消瘦，身上散发着酸臭的气味，人们开始发出嘘声。“闭嘴”，葡萄牙人朝前啐了口痰，舔了舔嘴角和粉红的牙龈，他瞅了我一眼，随后开口唱歌，刚开始很像是在说话，声音颤抖，他试了试嗓子，随后身体逐渐发生了变化，挺直了腰板，身材长高，俨然是一位高大的男人！我从来不知道他身材的高度，从来不知道他有这么高，他的嗓音显得越来越自信，嘶哑而清晰，婉转，飘曳，整座酒馆里的人都跟中了魔似的望着他，我听出来了，这个又脏又臭的老人唱的是他如何不能被人践踏，即使他自己也不能践踏自己，您，博胡什，我知道您认识许多这样的人，透过那身破旧的衣服，我看到了一位男人和一位艺术家，这个人无论在唱歌之前还是唱歌之后，始终都是葡萄牙人。

我们热烈鼓掌，出于一时的兴奋，我伸手抚摸他的头，我的手从他的头顶滑向他的脑后，仔细触摸他油腻的头发，一直摸到他砂纸般的脖子，我俯下脸用下巴抵住他的头顶，我们就这样待了一会儿，后来，葡萄牙人闪身躲开："放开我！"他从牙缝里说，我冲他微笑，尽管我看到他非常生气，"真臭！你这个臭女人！别缠着我！"他跑进庭院。"别生他的气，亲爱的，"马利卡说，"他快要死了，肺癌，他咳出的都是黏液。"当时，我不知道自己怎么了，开始难以自制地呵呵大笑，那是粗野、怪异、强暴的狂笑，笑得捶胸顿足，前仰后合，头发猛甩，那些疲惫、半醉的男人们满怀希望地望着我。

现在，我必须尽快离开这里，我心中暗想。

我们的孩子们察觉到了什么，他们互相哄着上床睡觉。我们又坐在厨房里。这时候，我丈夫猛地将头从他的掌心里抬起，甩了两下，好像现在刚刚苏醒，他伸手攥住我的手，就像那个来自拉普兰的萨满女巫。这是属于我的人，博胡米尔。他神情严肃地看着我，如同我下午遇到的那个小帮工，我看到了，他的全身都在发笑，我看到了，他意识到了什么，他的眼睛、他的额头、他的头发都在无声地发笑。

他咧嘴笑道："好点儿了吗？！""好了！""那为什么……"他边问边轻轻耸了下肩。"没事儿了。"我回答说。"那就好！"他始终攥着我的手。我点了点头，差一点哭了。

我很高兴。我们这样坐了很久。他开口说话的时候，情况就会变得糟糕，他出于兴奋侃侃而谈，盛气凌人，仿佛凌驾于我之上。与此同时，我还感到：有什么事情（我们在心里真正期盼发生的事情）终于发生了，这件事的发生，简直是奇迹。但是即便如此，他也没有必要这样胡聊神侃，"又要躺进医院的将是我。"我一本正经地告诉他。他满心忧郁地望着我，我看到他的脸色煞白，可以感觉到他在吃力地选词择句："如果……如果你想……如果你想这样的话……那么……那么我现在……想要这个孩子。"

我轻轻抽了他一个嘴巴。由于沉溺在快乐之中，我们对任何人和任何事都不再理会。在此期间，他始终温柔地抚摸我的手和我的胳膊。我察觉到，他要了一些小小的手腕儿，他碰我的方式，试图让我的身体有所反应。他很有心计，但现在并不让我反感。他的手腕儿确实有效，许多天（许多星期？）以来第一次，我的身体产生了反应。

亲爱的博胡米尔。万籁俱寂。我躺在黑暗之中，在梦里想您。“我忧郁的孩子”，您是我最珍视的宝物，“抓住它，抓住它。再来一回。再试一次。”假如我能够年轻二十岁或者年老二十岁，我都会抛弃掉这里的一切，暂时搬到布拉格，住进某条小街里，我很可能在某个广场上租一套可以望见某座大桥的狭小公寓，您每天下午三点到六点之间都会过来看我（您不要抱怨，即使抱怨也没有用），您给我念您当天所写的文字，然后回家。噢，真是扯淡！为什么我就不能等待呢！当然，偶尔您也会等等我，来回踱步，把您的那些小猫喂得要撑破肚皮。——其实，我并不想抬高自己的身价，但是有的时候，我的眼睛也会像斑猫一样。不过，您没有必要期望我对您忠诚。不管怎样，我会买一大桶老牌子的布尔诺啤酒，我们把它全部喝干。我想说明的是，我的年龄是我应该长到的年龄，我并不认为这很夸张，我一直就是这个岁数。

您想让我征服您吗？我知道，您喜欢这样。我向您献出我的一切，甚至包括我的妒忌。刚开始您会为此高兴，后来不再那么高兴。您到时候会看到，我能够意识到您急于离开；您到时候会看到，我能够意识到您想哭泣（我知道！这是男人的法则！男人的眼泪！）；您到时候会看到，我能够意识到您希望一个人独处，独自一人……您一旦看到我能够意识到您的心中所想，那么无论我再怎么努力都无济于事，一切都会立即转变为伤害。

我会因为您说的话而怀疑您。我会将我的匕首抵住您的心脏而怀疑您，怀疑您是否真的除了说话之外别的什么都不需要。您连我也不需要，您只需要我心里的话语。您要小心，一个像我这样的布达佩斯女人，会很容易地沉溺于精神之中！我看到了那个由话语组成的自己，我知道，我是一个合成体。我会不无骄傲地说，俄耳甫斯与欧律狄克[1]！你们都是借助虚构的材料进行写作。我们的生活就是这样。那么，我的生活也是这样，是一部小说里大写的印刷体字母。字母的直线，字母的曲线，字母 i 上的那个小点。但我不想让自己也成为您杜撰的人物。我不用您杜撰！如果那样的话，您最好还是不要爱我。但我还是不会说：您给我滚蛋！

我早晚都会承认这点：我从来没有妒忌过您。对您我没有妒忌过，我只妒忌过我的丈夫。虽然并不像我二十年前所想的那样，但也不像人们所说的那样……他从我这里所能捕捉到的每句话他都捕捉到了……我觉得，无论怎样他都能够捕捉到……然而，您也许知道，博胡米尔，匈牙利语的句子是什么样的，既

[1] 俄耳甫斯是古希腊神话中的诗人和歌手，妻子欧律狄克被毒蛇咬伤而死，俄耳甫斯用歌声打动冥后，获准将妻子带回人间，但途中不得回顾。俄耳甫斯在将近地面时情不自禁回头，致使欧律狄克再次坠入阴间，再也无法复活。

没有一个句子结构，又没有常规的指示代词，一大串词汇堆在一起，错综无序……即便如此，但他还是能捕捉得到。匈牙利语的句子就相当于“即便如此，但还是能够”。总是周而复始。如同心脏，无可教化。在我生日那天，他邀我跳舞，这是我从他的舞步里……舞蹈似的步子里……看出来的，他以前走路从不是这样，夜深人静，我趁他还在熟睡的时候，悄悄躺到他的身边，我很想变成一块沉重的石头，而且我确实重得像一块石头，我将男人压在我的身子下面，失声痛哭，满脸横流的都是我这烂女人的眼泪，我用石头般的力量蜷缩到了他的体内。（我不知道他到底醒了没有，这个我根本就不在乎。）

您知道，博胡什，跟这样的男人一起生活，一起过一辈子，那是一件冒险的事。曾经有过一个那样的瞬间，在十年以前，那时我真的以为自己已经预知了一切。那是一种疯狂的感觉，而我心里只往好事上想。现在的情况不再是这样，现在我要充满好奇心，要对一切全都感到好奇，其中包括对我的丈夫。但是时间一长，这就变成了一件很野蛮的事，他是他，我是我。这个让我难以接受。假如我是他的话，我自己会解决好这个问题。但是在短时间内，我对这个不感兴趣。博胡米尔，您要想甩掉我可不是那么容易。也许，我即便被人轻易甩掉，也毫无察觉。现在我得好好想想。我说漏了嘴，但后悔已经来不及了。亲爱的，您可不要胡乱猜疑。您信上帝吗？您以前是个好丈夫吗？在我的想象中，您是住在里本区[1]一条小街里的指法优雅的钢琴家。我们只是坐在这里，我意识到我心里对您的渴望。

您终于明白了我对您的爱吗？您这个固执的老家伙。我对您的爱就是这样，既不忠诚，也不强烈，更不过分。就是这样。我们都不要性急。

无论怎样我都想强调：我是妻子。我脑子里又想到了一个焖在咖喱和肉豆蔻中的骨螺；我想喂您。这我已经说过了。

今天黎明的大海，是骨螺的故乡，先是奇特异常的银粉色，随后变成柔软的蓝色，在这之前刚还是灰褐色，整个的布达佩斯都倒映在海面，还有整个世纪之交的意识观念！要么倒映的是布拉格，那些林立的尖塔！我们辨识出“我们心脏的方向”（这话是您说的），我们想要结束我们城市的空虚。

要么我们爬到烟囱顶上？自己把自己拽上去，您下意识地将一只手叉在腰上，另一只手抬到眼前。“天哪，我的夫人，”您会用欣赏的语调赞叹说，“这里将成为一个美丽的岗楼或监视塔。”“您指的是观景台吧。”我接着他的话茬说。“放他妈的狗

[1] 布拉格的一个街区。

屁！观景台是给市民建的，监视塔或岗楼是给士兵盖的，供那些开战的军队监视敌军动向用的。我的夫人，您是一位优雅的美丽女性，假如这话让顿塞尔队长听到的话，他会挥舞宝剑冲您吼叫：‘我要把你操成八瓣儿！’”博胡塞克，我想把您的话再补充完整：“……然后两脚悬空地吊在通风井里。”真是天打五雷轰，您为什么要把我操成八瓣儿？我可是您爱的人啊，我会挎着您的宝剑追随您！您声嘶力竭地对我喊叫，态度傲慢地朝我凑近，您的脸上挂着威胁，像是教堂顶檐上的排水石兽。“您有什么必要这样对我？”我表示不屑地耸耸肩问，“难道这里的风景还不够美，博胡米尔？我想让我的视线越过丘陵起伏、树林成片、原野平坦的郊外乡村，眺望我们的城市……”

我是否该买紫红色的连裤袜？还是该买绛红色的？烟灰色的？红木色的？——在我的体内没有黑暗。我喜欢光，光也喜欢我，而您呢，我可爱的宝贝儿，您会理解我的，您站在那里，站一整天，站在阳光之下，您理解我，您站在开向花园的屋门口，眯缝着眼睛，许多皱纹在脸上行窜，就像一位老太婆，我用不着否认，我看过您的照片，在我看来这是赞美，我看到一位老太婆在她的年轻时代，而且她还抱着做一名征服者的雄心。噢，感谢您，拥有千变面孔、虚假面孔、戴着跟人脸一模一样假面的赫拉巴尔，玩世不恭的赫拉巴尔，当园丁的赫拉巴尔，激情四射的赫拉巴尔，漠然淡泊的赫拉巴尔，在街上溜达的赫拉巴尔，喝啤酒的赫拉巴尔，在一张照片上您拉着一个女人的手，但是那只手并不是我的，她不是我这个年龄的女人，头发稍稍有些灰白，气质优雅，但我说的话您不要告诉她，她用崇拜的眼神看着您，看得出来，她很爱您，我喜欢人们爱您的那种感觉，加上那十个手指甲，如果您还能记得的话，在这些照片里，您看上去是那么健壮、平静、凝重，我可以让自己信任您，您眯缝着眼睛站在屋门口，甚至在花园里也保持着这种眼神，就在这时！就在这时，一个无法描述、近乎疯狂的红色——红木色——的东西从灌木丛中出来，向您接近，您看到了谁？亲爱的博胡米尔，您看到了谁？您看到了我，亲爱的，您看到了一个来自远方、浑身烧灼的女性身体，阳光像大锤一样带着呼呼的风声朝我身上落下，我感到眩晕，不知道自己身在何处，眼睛里面金星飞溅，在无人之地的感觉可真好，您咧开嘴微笑，并且这样站了好久，样子很蠢，您自己也站在无人之地。您是不是认为，如果我把所有的话都连成一句，这句话就变得不再真实？假如光明弃我而去，哪怕它只是休眠片刻，我敢发誓，我都会在黑暗中惊慌失措，即使外面阳光灿烂也无济于事……我伸出手东摸西索，仿佛踯躅在无月的夜里，就像一只没有翅膀的鸟。我丈夫也经常站在那里，手握钢笔，仿佛握着一根自卫的长矛。我的天使喜欢他自己的这个形象。（这种时候我经常误解，误以为该叫他出去晒晒太阳。他说，我的愚蠢简直能把他气哭了。）

我丈夫要是（假如他要是）写台奥多尔·冯塔纳，情况又会怎么样呢？他总是夸耀自己爱我就像爱台奥多尔，这话实在让我发笑，恐怕他唯一不该做的事，就是不该把我比作台奥多尔，想来，艾菲·布里斯特[1]的死，让他难过了整整一天，之后他又读了一遍小说，结果让艾菲又死了一回。（另外，他该写一部题为《线性的谎言之书》的随笔，在书里对哗众取宠的美国式小说的本质予以揭露，东海岸！技巧+展示卖弄+轻松消费，将真诚作为手段使用。）我并不孤单，您看，我无论如何都需要您。您对我来说意味着什么？这个问题我无法说清，我想您。这句“我—想—您”并不（并不仅仅）是指“我发自内心地想念您”，而且还指“我是您的有双海蓝色眼睛的姑娘”（我是那位注定将会属于您的姑娘）。另外，我将给您把一棵树染成蓝色，把一整棵树都染成蓝色，地点由您选择，可以在这里的大平原，可以在蒙德西或摩尔多瓦，可以在灵魂之上，或在天鹅一次又一次地试图逆流而上的大坝那里…… 这将是一件精细的工作，我用从孩子们那里偷来的画笔将整根树干……

您充满了这幢房子。一个捷克的幽灵，并不是大得像世界之巅……即使在砖石瓦缝，您也无处不在。一位陌生男子在房子里面。我听到，您认为民众已经不再唱歌。等一会儿我唱。五月的美丽日子正在破晓，/桨儿长，船儿短——或颠倒过来：

[1] 台奥多尔·冯塔纳的代表作《艾菲·布里斯特》的主人公。

船儿长，桨儿短，/来吧，我亲爱的恋人……您将演奏，演奏降E大调的小号曲，这个我知道。

我躺着。现在，大海漆黑一片，闪耀着黑檀的乌光。您在哪儿呢？哪儿都不见您的踪影，只有您的嘴还说话，或许您连话也不再说了。您想要我做什么？您想从我这儿得到什么？您就留在这儿留在布拉格吧，关上您的房门，敲您那台“Perkeo牌”的打字机吧，噼噼啪啪，上帝保佑，不要出门！噢，您做的事情非常重要，那是您的艺术，那是巨大的迷幻，那是中欧生活的乐趣！您要知道，我对您的中欧一点儿都不感兴趣，它其实根本就不存在！所有这些只存在于您的大脑，所以，您就留在这儿吧，还留在您的板楼公寓，屁股坐稳，另外，您也不能在我的窗前踱来踱去。您到底在哪儿？为什么要跟我拖延时间？只有黑暗，漆黑的布达佩斯海。

一封信不能无休无止地写下去。那好，就随您吧，您就三心二意地爱我吧，出于好奇，出于大意，出于激情。这么说吧：出于匈牙利大平原上[1]的激情。这将是您的匈牙利情缘。

寂静。我躺在黑暗之中。我的身体疲惫不堪，体内不时感

[1] 原文为双关语，“大平原上”另有一个意思是“仅仅”。

到阵阵突如其来的疼痛，快乐的小溪，每个人都利用我的体力，唯独我丈夫例外，他则利用我的温柔。您呢，博胡米尔，您在计划什么呢?

我看到，我透视到，您在这里需要我。只是我有时认为，您需要什么人，但不是我，您需要一位无名的“多面手”，情人，妻子，家庭，女秘书，替代母亲的母亲，室内装修设计师，厨师，高压锅，心灵安慰，审校，园丁，电话接线女郎，保姆，清洁女工，朋友，买一送百，家庭妇女练习曲，那不勒斯小丑的玩笑，牛奶煮沸了，要给孩子盛鸡脖子汤，或者弄错了，没有给盛，在同一时刻，付给邮递员小费，最小的孩子在肉汤里游泳（不要偷懒！用力蹬腿！），给我天性伤感的父亲打电话，与此同时，跟某个从慕尼黑来的陌生人用外语交谈，同时挽着我儿子一起按照百分比描格画线，他根本不知道我们在做什么，所以流露出一股轻蔑和鄙视，最后哭笑不得地一头栽进“等待洗刷的锅碗瓢盆大军”里，鼻涕眼泪地总结说：我也想要写书出书（鼓掌）。

我是伟大的候补队员，这个角色确实很光荣，我要替补一切，替补所有缺少的东西，这就是我。我就是这。

决定由我来做。我既很自由，又受到牵制，这就是我的生存状态。

在我的体内，在我的胃里、肩上或怀里，有一个小小的、拳头大小的东西……活着，这个活在我体内的东西是一个信念。这个信念坚实、明亮，但也不排除阴暗的可能，那时则会变得稠密、沉重。我心怀信任，我相信男人，相信我的孩子们我的儿女们，相信我这第四个孩子，相信我的“小捣蛋”，我将这样叫他的小名——“小捣蛋”，相信我们的花园和那棵歇斯底里地开花结果的老梨树，相信周围的钻天杨，相信猪杂肉冻，相信尿垫子，相信补牙，相信布鲁斯，相信啤酒，相信大床，相信我们的朋友，相信鹅卵石，相信死去的亲友，相信满天的星辰……我凝视苍穹，丝绒的朦胧，银器的光晕，我满怀同情地想着老迈的星光，现在我已然知道：我并不孤单，并不是因为我在那么多的人中间，即便这些星辰不复存在也没有关系，只要它们的光照在路上，照耀着我，只要它们存在于我的眼中，它们之所以存在，是因为我能够看见它们，我只相信这些光，这既是光也不是光，这是一种并不存在的事物的光，这种光来自无限，这种光在我的眼中——总而言之，我最终相信的不是别的，而是这种遥远的信任，正像有人写下的那样，“在万物之中，在万物之内，甚至在最微小的尘埃颗粒的命运之中”，阿门。

他幸福地躺在我身旁；我很喜欢跟他一起躺在床上，跟我丈夫一起。他看上去心满意足，疲惫不堪，工作使他精疲力竭，像一只动物。我端详他的脸，黯淡，萎蔫，我端详他额头上深深的皱纹和干草垛似的乱发，平静，他平静地熟睡。我却躁动不安。我不知道，我在想什么。

就在这时，就在这无奈无助的状态下，在我耳畔响起了一声近得不能再近了的海轮的鸣笛，花园一直延伸到大海，假如没有雾气的话，假如树篱修剪得再矮一些，我会看到轮船从我的房前经过，灯光闪烁，挂着长串的灯笼，像是一头巨大的猛犸象，像在费里尼的电影里，正在远去的海轮长笛的宇宙之声突然让我意识到，不，我现在并不爱他，我一点儿也不爱他，我不爱他的程度早已超过了不爱的本身，包含的成分要比不爱更多。他们在睡觉，在我身边平静地呼吸，在我周围，在我床上，在其他房间——那些都是我的房间。这个男人是我宿命的男人，可我并不想看到他。这是怎样的卑劣自私？也许，一切都有其具体的因由？我所感觉到的，即使爱也无力补救。理解不可能理解，离开不可能离开。我这下完蛋了。我并不怯懦，但是我害怕，我并没有受到胁迫，但是我想哭，可是没有哭的理由，但还是又出了什么糟糕的事，非常糟糕。当一切全都情况良好，我又该去改变什么？一切全都情况良好，只是整体并非情况良好，如果整体并非情况良好，我的情况也不会良好。我闭上眼睛：糟糕。我睫毛抖动：糟糕。我挠挠前额：糟糕。我做错了事：糟糕。我瞪着眼睛，盯着虚无。怎么办？一个无法满足的无欲状态的恐怖瞬间。

我不去想死亡，除非当我想到我婆婆时。自从她去世之后，没有人再帮助我鼓励我，也没有人再对我说：“现在，我的孩子，最好别穿这件衣服，你难道没有看见，春天已经到了！”没有人，再没有人关心我，我却要关心所有的人。也许您是关心我的那个人，博胡米尔，但是您没有跟我生活在一起。这一切让我束手无策。我的胳膊很疼，疼得像要掉下来。“主啊，请宽恕我吧，请宽恕我的病弱衰老”，这是写在我婆婆讣告上的一句话，我也想把它写在我的讣告上。

我在黑暗之中。我坐在阳光之下。我的心啊狂跳，狂跳。我孤独一人。

遗漏掉的，也是所有的一切。

Mám rada[1]。我爱您。

拥抱您：灰头发的苏拉米丝[2]，没错。

[1] 捷克语“我爱您”。

[2] 苏拉米丝·乌尔菲（Sulamith Wülfing，1901—1989），德国女插画家，笔下多为风格唯美的童话精灵和渴望爱情的仙子。

第三篇

天道不仁慈，一个有头脑的人因而也不仁慈。[1]

——赫拉巴尔《过于喧嚣的孤独》

[1] 杨乐云译。

接下来该讲什么了？他睡得很糟心，醒得也很糟心，不仅疲惫倦乏，而且眼睛也痛。他怀疑自己得了角膜炎，对着镜子看了好久，看自己的眼神，眼球上罩了一层薄薄的黏液，黏液或这儿或那儿地凝成黄色或者更偏向于无色透明的晶莹液滴。他使劲眨眼，试图将薄薄的黏液膜聚到一起。他转动眼珠，眼珠上布满了难看的血丝，遇到这种情况，地球上经验丰富的人会说：地平线上血红，风已刮到近海。

寂静弥漫。

他不想在母亲跟前流露出自己的糟糕情绪，那么做非常划不来，如果光会受到责备的话，那他还是可以忍受（这种糟糕的情绪对他来说似乎与生俱来，是他的坏脾气和无能的标志——这种说法确实有一些道理），更要命的是，她会试图矫正他的毛病。母亲越来越惹他心烦。他有时感觉他并不认识自己的母亲，只能根据母亲穿的衣服辨别她；不仅由于她的步态变得笨拙，不仅由于她的体形、她的头发、她的皮肤都发生了改变，这些变化都可以归结为衰老，但是他没有预料到的是，母亲发生了内在的改变，她经常使用别的词汇，精神状态也与以前不同，不光她的眼睛发生了变化，就连她的眼神也变了。让他吃惊的是：居然这个也得归结于衰老。

母亲一直都很坚强，背上背着家庭的重担，现在她既坚强又脆弱，同时表现出自私和凶悍，而且开始毫无诱因地哽咽啜泣。母亲的这些变化只能增添他的烦恼，尽管他很容易地就能和人类一起哭泣。

"早上好，亲爱的母亲。"他打着招呼走进厨房，跟妇人迅速拥抱了一下，以免让她看见自己的脸（让她看不见自己真实的脸色）。他母亲的身材本来就不高，现在显得更加矮小，而且身体变得僵硬，莫非是由于干瘪萎缩？跟母亲拥抱的感觉总是很好，他心中暗想，以后总有一天他不能再这样站在厨房中央跟妇人拥抱——他不能想象，那将会成真。母亲的体味也发生了变化，从她的头皮里蒸发出一股苦涩、难闻的气味，这也是他与母亲保持距离的原因之一。

"你睡得怎么样，我的儿子？"他需要回答这个问题。早餐开始了，这是一场战斗，在这场战斗里妇人在每个毫无意义的琐碎细节上吹毛求疵，斤斤计较，得寸进尺，步步紧逼，她想占有所有的一切，所有的情感，所有脱口的言语，从糖块儿到未来，她总是询问，就连儿子的愿望她也想占有；他们是互相习惯了的一对，儿子在煮咖啡时，母亲将沏茶的水放到火上，两人从来不会碰撞，都知道自己该什么时候转身，他们总是用眼角的余光观察对方，随时准备接受发问——面包你烤了吗？因为，按照他们过去的习惯，需要将面包在烤箱里面稍微热一下，一个人布置餐桌，另一个摆弄餐巾纸。

他不想再跟母亲这样针锋相对地较量下去，但一次又一次地被迫应战，由于母子间的较量毫无目的，所以这很让人恼火，尤其是，有什么东西本该回避，但此时此刻不可能回避。较量慢慢地变成了挑剔。他喜欢与母亲在清晨例行的这个拥抱，这个唯一延留至今的仪式性动作，曾经是孩子对母亲的爱的表达，这个动作以前也是属于他的。人老之后，并不是变得智慧、成熟，而是无聊、乏味、空虚，并不是闪耀着暮年的金光，而是散发着炭灰的臭味儿。他眼看着光彩逐渐从母亲身上褪掉，剩下的只是太小太小的琐碎和铺天盖地的忧郁。显然，在这个问题上他也有错，他忽然想起了诗人沃罗什马蒂[1]、葡萄酒和贝克特[2]，还有蒸馏的白酒。这里到底发生着什么？

他想跟赫拉巴尔谈一谈。

他得想想安娜。之后还要再想一遍。他把黄油抹在烤好的面包片上。他把一大堆手稿摊在桌上，随手翻了翻那些写满字

~~~~~~~~~~~~~~~~~~~~~~~~~~~~~~~~~~

[1] 沃罗什马蒂·米哈伊（Vörösmarty Mihály，1800—1855），匈牙利诗人、作家，匈牙利浪漫主义文学代表人物。

[2] 塞缪尔·贝克特（Samuel Beckett，1906—1989），法国荒诞派剧作家、小说家、诗人。1969 年诺贝尔文学奖得主。
~~~~~~~~~~~~~~~~~~~~~~~~~~~~~~~~~~

迹的纸页，那些报告。他爱安娜。

“不要吧唧嘴。”母亲严厉地说。他的回答跟往常一样，说他并没有吧唧嘴，那是牙齿嚼碎青椒时发出的声响。母亲做了一个不屑的手势，开始动手洗盘子洗碗，年轻人对此尤其厌恶，这种秘而不宣的等待，这种偷摸鬼祟，餐具在他的鼻子底下被逐个洗净，最后一道心理障碍也随着洗碗而解除了。

他喜欢安娜那双斑猫似的眼睛，喜欢她丰富的眼神，喜欢她的热情、能量和信心，他喜欢安娜身上的一切。安娜唱的那些歌，他也很喜欢，以至于他把每首歌都视为祈祷。更何况，他对布鲁斯本来就很有感觉。唱诗班的天使们实在强忍不住，偷偷做出嘲讽他的鬼脸。其实他并不喜欢音乐中的社会性呻吟和执着生存的牢骚怨艾，而是喜欢音乐中某种即兴的温情、“不洁的声音”和贝茜·史密斯的“痛苦迷宫”——不管怎么说，这使他很快意识到，在这里（即使在别处并非如此），与他相比，天使们都是些可爱的君主、朝臣、名门世家，都是特权阶层。无论跟哪位天使相比，他都是更为卑俗的庶民。

透过黑暗的墨蓝色苍穹的无穷无限，他再次朝安娜瞥了一眼。杀婴，请原谅我使用这样的字眼，她刚刚借助于一个小小的帮助，侥幸躲过了杀婴的一劫，但是现在，她正目光空洞、悄然无声地躺在黑夜里。“所有的一切都发生了移位，相互混淆，不复存在。这实际是一种物质的痛楚，不可能是别的什么，名字并不重要。”这对美国人来说是布鲁斯，对匈牙利人来说则是忧伤——他为自己获得的这一认知感到沾沾自喜，正因如此，不是由于别的，与那些亲近哈布斯堡宫廷的匈牙利人比，他更喜欢匈牙利自由革命的斗士们，后者知道如何悲愤痛饮。（另外，匈牙利布鲁斯的音符，被叫做“多瑙河西部三度音”，终止音符的三度音时而小调，时而大调，时而介于两者之间……）

他不仅觉得这个女人（这个匈牙利女人）非常漂亮，而且觉得她妩媚撩人。假如我向她求爱的话，他轻佻地思忖，我将从这首歌中之歌下手，我会骗她说，这首歌是我写的。

“必须把这个女人搞定。”他絮絮叨叨自言自语，就像一位老人或一个傲慢的纨绔子弟，他还开始小心翼翼地自己揣摩着试唱这首“嘶哑的吟咏”（请见《月光下的皮埃罗》[1]，1912 年，欧洲出版社），这首朗诵式的谈话布鲁斯，唱这首歌，或许来自寒冷北方的小查尔逊是最杰出的大师，他可以让“伟大的欧洲沉默不语”，他只是说啊，谈啊，滔滔不绝的词语肆意挥洒，他时而谈话，时而沉默，但他的沉默也是谈话，他将词语和词语平等均匀地码放到一起，而这正是他的魔力所在，瑞典的打油诗，没有任何的抑扬顿挫，如他所言：这是一辆驶向沉默的缆车。寂静的雪崩。在一个粗糙的译本里有一句著名的话：把你的脸埋到我的肩膀窝儿里！（请见保罗 · 安卡[2]的改写本。）

~~~~~~~~~~~~~~~~~~~~~~~~~~~~~~~~~~~

[1] 原为比利时诗人阿尔 · 贝吉罗创作的组诗，1912 年由奥地利作曲家勋伯格选出其中 21 首谱成歌曲。

[2] 保罗 · 安卡（Paul Anka，1941—　），美籍加拿大歌手。
~~~~~~~~~~~~~~~~~~~~~~~~~~~~~~~~~~~

他尴尬地意识到——因为她看上去好像是在他之上——安娜已经开始祈祷了。

人类中比较有头脑的那一部分人，会对诸如此类的问题感到困惑："人们对基督教文化置身于快乐符号之下达成的共识，是否也跟犹太教文化肯定不是置身于快乐符号之下一样证据确凿？爱、痛苦与快乐的三个元素性概念以完全平等、相互依存的关系处于核心的位置。在这种关系里，牢不可破的相互依存性表明，别的任何概念都不可能将它们取而代之。"这些都是萨丹[1]的深邃的思想，托马斯·曼对他极为推崇，他认为这位智者，这位令人着迷的思想家有着挪威人的血统，但是据我所知他是缅甸人，不管怎么样，他还是一个货真价实、地地道道的欧洲人。在幸福与快乐或快乐与痛苦之间，萨丹既不能假设出它们的相互关联，也不能发现它们的不同。因此，幸福并不是快乐的表达（莫非正是两者在日常语言中的交替尝试，加重了我们文化在这个世纪内的摇摆不定？），幸福也并不是痛苦的彻底缺乏，而是爱的美满实现。上帝也同意这个观点。

听着令人心痛的祷告，上帝苦涩地笑了起来，再次跨进了自设的陷阱，他很想忘掉这个陷阱，很想忘掉自己并不具备减轻人类痛苦的能力，因为只有人类可以帮助人类自己减轻人类

[1] 萨丹（Sadán）是作者的一个文字游戏，反过来拼写是作者好友，匈牙利作家纳道什·彼得（Nádas Péter）的名字。

的痛苦；正是这个痛楚的矛盾，在大地之上为万事万物注入了活力。

即便如此，他并没有对自己的作品感到不满，但是他不喜欢这种矛盾，或者说他，可怜的家伙，他喜欢所有的事物和所有的人，这是他为自己发明的暗示，而且，这是他的旋转木马。但是，他并不会为这些理论上的、道德上的、美学上的莫比乌斯纽带而激动，不会为或好或坏、出乎意料的光学折射而欣狂，事实上，世界的完美性在于均衡，而并非在于完美无瑕——尽管他在读米列娜·康德·艾拉丝缪斯的学术著作时感到有些不悦，作者是一位来自卡罗维发利[1]的女学者，根据她的观点，魔鬼是邪恶的信徒，天使则是上帝的战士；由于世界的权柄分别掌握在魔鬼与天使手中，因此世界的稳固并不取决于天使的胜利，而是取决于两大势力的均衡——可以理解，他将世界视为自己的影子，结果使他充满了不安，他不得不心情沉重地承认：他造物的方案，并非以巴赫—托尔斯泰—欧几里得为主线，而是以莫扎特—陀斯妥耶夫斯基—哥德尔为轴心。（他将歌德区别对待，实际上，他并不把歌德列入造化之物……）简而言之，尽管他根据自己的想象，按照自己的样子创造了人类，但是世界的维度（钻石轴心？）是天使。

他喜欢创造世界，尤其喜欢创造阿尔伯特·爱因斯坦，他

[1] 捷克西部波西米亚地区的一座城市。

还喜欢爱因斯坦远大的雄心，尽管在这件事情上，他理应对他稍加责备（比如说：相对论）。爱因斯坦有一首很短、押韵的四句小曲，因此让他特别喜爱，一种真实的感觉，就像吸气一般，讲的是星辰实际并不依据相对论学说，而是永远按照牛顿定律沿着它们的轨道绕行。

他的母亲最近一段时间的刚愎自用，伴随着出人意料的智力亢奋，尽管她儿子认为这种亢奋是虚假的，但他并不能置之不理，这并不是一个衰老的征兆，即使是的话，也是一个令人惊讶的征兆，不可预知。

上帝花了许多时间才逐渐喜欢上了海森伯格[1]，让他感到不快的是，这家伙的鼻子居然能够嗅到不确定原理……在他的内心深处，他更偏爱希腊人。万有引力是上帝的创造，并不需要做进一步的验证。这个问题毋庸置疑。立体几何是逻辑与美的结合——同上……莫非并不是粒子以波形运动的方式行进，而是其存在的或然性？！噢，恕我直言！结果就跟驴子似的，支棱着耳朵大摇大摆地从缘由跟前走过……好了，聪明的家伙们，为什么不能同时检测比重和速度呢？！

“不能就是不能！不能就是不能！”他的母亲得意地尖叫道，“事情就是这样！既然如此，你还是应该知道，知道什么东

[1] 维尔纳·海森伯格（Werner Heinsenberg，1901—1976），德国物理学家，量子力学创始人之一。

西你不可以知道，知道你没有地方可以插足……”

她不怀好意地瞅了儿子一眼。他恼火地走了。他不愿在知道和不知道之间作出某种区分，这是一种虚荣，而虚荣属于撒旦的领地。只有加上所绕的弯路，“神圣的漫游”才是真实的。撒旦是或者。分离，是逢场作戏，逃避，是两面派。这些都是撒旦的内容与形式，恰恰不是上帝的见证。因为撒旦所树的反对者，恰恰可以将他挡在背后。撒旦为人提供隐藏，在世界上挖地道，建迷宫，躲藏起来，悄声低语，有些东西不属于上帝，你看，想来我也是一个对上帝不够虔诚的人，一个空洞。撒旦是填格拼字游戏的高手，他用困惑对付秘密，用谎话对付历史，用怀旧对付记忆。

“然而，躲藏是不可能的！”

“别犯傻了，我的儿子。这个正直的海森伯格谈论的是物质，不是二，而是一。生命也是由清醒的存在和睡眠构成的。真理的梦想是谎言。我也喜欢玩填格猜谜游戏。”

“撒旦专擅拆毁与分离，喜欢谈论洁净和污秽，影子和光。没有，没有上也没有下，没有男人也没有女人，没有大也没有小……”

“好吧，好吧……你又开始夸夸其谈。你从来就没有一丁点的谦虚。我真受不了你，我的衰老也让我再无法忍受……太多太多次了……你总是这么着急忙慌，急不可耐，从来不会等待……难道你不知道，等待是天下至高无上的能力吗？”

"母亲，求您了，您能不能别再用别人的羽毛装扮自己。"

"既然这样，我也无能为力……我实在不能理解你……"

"我知道！"

"……我不能理解你，世上既有撒旦，也有你。所以不管怎么说也是二，不是一。"

"不。在我身上汇集了一切。所有的有和所有的无，全都包罗在我的体内。我就像一部长篇小说，里面的众多人物截然不同，但相互牵扯，他们在这部小说里相遇。万物归一。既不同一，也不同形。不同之处，保持不同。但它们全都在这儿，在我体内，万物一体。"

"真的吗？！"妇人说话的时候扬起了眉梢。

"我就是我。"

"别瞎扯了，我的儿子，这个回头还是留给记者们去说吧……现在，还是让我们言归正传，让我作为你的母亲问问你。好，照你说的，你就是你，可是你是谁呢？谁是那个你？谁？！"

看到儿子沉默不语，母亲感到洋洋自得。

"你很保守！"她叫了起来，"牛顿已经过时了！你们相处得是不错，但那已是过去的事！"她用新教徒的热忱鼓动说。他们都累了。上帝试图将注意力集中到安娜的祈祷上，他的母亲掏出了一张填格拼字谜。当儿子的曾为母亲编过一本词典，收录的词条包罗万象，在匈牙利，特别是用纨绔味道的布达佩斯土话说：太神了。请看：

……误导	oriana
……结石	minimo
阿迪的化名	Yda
锿	es
巴西作家	amádo
保加利亚男子名	hriszto
剥离器（外来的）	dez
波兰小面包车	nysa
曾是戴高乐的党派	UNR
曾经的哥特国王	alarik
达尔马提亚岛	vis
香料饭	pilaf
道德败坏	métely
动物崽子	fi
法国演员—导演	tati
法语里的“东德”	RDA
反正	is
尴尬	zsén
工会组织	tradeunion
桧树果白兰地	gin
海燕类鸟	szerkö
红方士兵	kormorán

教会的咒语	anathema
旧时的官衔	nádor
克罗地亚发明家	tesla
猎袭	alattomos
绿矿石	jade
莫杜戈诺流行歌曲	voláre
你和我	moi
女装	viganó
然而	de
森林之神	pán
斯拉夫男子名	petár
斯拉夫绅士	pan
苏美尔城	ur
神话人物	szatír
时髦	uptodate
帅克军营的随军神父	katz
特拉汶小说	a taliga
藤蔓类植物	karóbab
威尼斯桥	rialto
维尔纽斯的河	?
沃依达·亚诺什（诗人）的情人	gina
象牙	ivor

亚洲语言	urdu
以色列航空公司	elal
意大利画家	tiepoló
英国啤酒	ale
铕	eu
原则	elv

当憔悴瘦削的哥德尔和他古怪的论点一起出现时，他逐渐接受了这个事实：人类已经意识到了些什么。这个信息，正是母亲透露给他的，她为这一智力的丑行感到欢欣鼓舞，除了哥德尔之外，她还喜欢乔达诺·布鲁诺。

“太棒了，我的孩子。他太可爱了。这个哥德尔曾在贝凯什州[1]当过大堂领班，但是后来被赶了出来，于是他叫了两辆出租车去巴拉顿湖[2]，一辆出租车里坐的是他，另一辆里是他的礼帽……我想说什么来着？噢，对了，假如体系里没有自相矛盾的话，那么，我的儿子，其中就会包含一个叫你对它束手无策的论点，既不能验证，也无法驳斥。然而，假如在体系内部的一切论点都可以得到验证的话，那么体系肯定是自相矛盾的。总会有什么难啃的骨头！儿子，你别跟我说这不美妙……”

~~~~~~~~~~~~~~~~~~~~~~~~~~~~~~~~

[1] 匈牙利西南部一个行政州。

[2] 匈牙利境内一个淡水湖，东欧著名度假区。
~~~~~~~~~~~~~~~~~~~~~~~~~~~~~~~~

“您说得不错。”上帝勉强点了点头。他逐渐对人类感到厌烦，这种时候，他更乐于想想其他的造物，蒲公英、火星人或波尔约[1]几何学，或对高斯的蠢事感到遗憾。也许“厌烦”这词并不合适：没准儿他只是需要休息？

就在安娜祈祷时，作家并没有祈祷，不过上帝也把这视为祈祷，我想在这里补充一句，他这么做是对的。作家害怕祈祷，祈祷总让他感到羞惭，无论是对凡间还是天堂里的人，他都不愿意开诚布公。因为，他祈祷的时候只会乞求，而更让他感到难堪的是，他乞求的内容总是“或者”、“将是”：与做一位优秀的基督徒相比，他更想做一位优秀的作家。这才是他愿意长期借贷所做的事情，更何况，他又处于无法面对现实的状态之中，他感到骄傲，但表现得谦卑，因为他认为：他的工作反正以后早晚都是为上帝效劳。上帝为此感到好笑，这样的家伙实在太多，扔进多瑙河里可以把河道堵住，他们既不是真正的信徒，也不会成为真正的无信仰者。让上帝略感不安的是，作家对信仰本身感到畏缩。他既渴望，又担心（他却以为，这个傻瓜，以为这个取决于他自己）——怀疑信仰里有伎俩有欺诈，至少会有贿赂收买，会有某种或大或小的生意（帕斯卡！帕斯卡！）；担心自己会像家畜一样被人驯服，担心自己的独立性被

[1] 波尔约·亚诺什（Bolyai Janos，1802—1860），匈牙利数学家，非欧几何创始人之一。他是著名德国数学家高斯的大学同学和终身好友。

狡黠地剥夺而毫无察觉。事实上，他并没有受到本世纪发泄性情绪的过分感染，他理解并渴望获得自由的依赖，自由地属于某个人。

他想成为一位忠诚的人，但不想成为一条忠诚的狗，他很怕自己会成为后者。许多次，基督徒（他自己也曾是基督徒）在他眼里都是忠实的狗，他们唯一傲慢，并且通常十分有效的努力，都是为了压制所有的（他们身上所有的）深植于内心的法利赛人[1]的欲望。

“你真是个傻瓜，我的孩子，”上帝挥了一下手说，“尽管我知道你想说什么。”

我从哪儿听到过这样一句话，在一次朋友聚会上：每个人都是一个与众不同的单词，所以整个人类就是一种语言，或是一部上帝阅读的书籍；单词与单词互不了解，意义存在于语言之中，能够理解意义的，并不是作家，而是读者；他们研究并品味词汇，对词汇进行反复推敲，悉心揣摩，修饰雕琢，主动型读者会对文字进行删除、调整、重写，往回翻页或跳过段落。如果有人提出这样的疑问也可以理解：上帝是一位什么样的读者？假如我没有说错的话，他厌倦阅读，缺乏耐心，是一位非常糟糕的读者。但是在今天的世界里，难道没有必要对任何种类的读者表示尊重吗？尤其是，假如他是唯一的一位……（另

[1] 法利赛人，犹太教历史上的一个教派，相信肉身复活和永生，强调虔敬，严格遵守规条。

外，既然我们说到这里，那么上帝是一位什么样的作家？我会不假思索地回答：他什么作家也不是！能够记住一切的人从不写作，这种人不是妖怪，就是上帝，也可能上帝就是妖怪，不过，由于上帝的宽仁之心，我可以排除后一种可能［这只是我个人的想法］，唯有上帝拥有这种不必忘记就可以宽恕的能力。对什么都记不起来的家伙，不是无赖，就是傻瓜。作家介于两者之间，介于所有和什么也没有之间，介于妖怪与无赖、上帝与傻瓜之间，有时是这个，有时是那个，既不是这个，也不是那个，什么都不是。臭名昭著的洛特曼[1]的弟子——布拉格语言学校的赞助人和毛遂自荐的讼棍——艾恩斯基认为，作家只有当他们陷入人类的罪恶，他们的理想变得含糊不清，只有当他们了解了邪恶并感到共鸣的时候，才得以成为作家。约翰·斐尔所持的观点是，人类的所有能力都陷入了罪恶，他们本该将所有这些能力奉献给上帝造化的自然世界并且使其彻底完善。这种堕落结束了上帝造化的世界的真实性和现实性，这种堕落为作家的存在创造了可能，使他们得以担负一项如此伟大、奇妙、彻底无望的工作任务。）

安娜（这个正在被阅读的单词）的祈祷结束了。

“为什么不呢，我可爱的孩子，你尽管爱吧。”上帝不假思

[1] 尤里·洛特曼（Juri Lotman，1922—1993），俄罗斯犹太人，文学家、符号学家和文化史学家。

索地回答了安娜通过祈祷间接提出的这个问题，但是由于上面提到过的世界体系，他没有办法能让安娜直接获知自己的回答。看到母亲反对的目光（一方面，这是一种何等的全能威力！另一方面，父亲将对这类浅薄之见说些什么？），他突然感到震怒：母亲为什么总盯着我，而且事事插嘴？就在呼气的同时，他又感到由衷的歉意：对不起，母亲……但是道歉已经迟了，母亲啪地合上了手中的填字游戏，闷闷不乐地离开了厨房，他又开始动手洗早餐的碗盘，这件事他信不过任何人，尤其信不过自己的母亲。

他并没有总要做事的癖好，但他想为安娜做点什么，“必须把这个女人搞定。”他向自己重复道。他情绪低落，水花飞溅。每当他情绪低落，他总喜欢俯瞰乌尔姆大教堂[1]钟楼的尖塔，看了一遍又看一遍，不厌其烦地进行检查，不过他看的只是工程表面、建材的质量、技术性问题和石头雕花。那些石雕，永远不可能有任何人看到，除了他和石匠之外。

石匠们对此也十分清楚。

有一个传说或许正是由此产生：在乌尔姆教堂的钟楼塔顶的人离上帝最近。（不管怎样，我爬上了钟楼，爬过导游书里提到的 768 级台阶中的 761 级，之后我两膝发抖地在多瑙河岸边

[1] 乌尔姆大教堂位于德国乌尔姆市，是世界上最高的基督教教堂，以宏伟的哥特式建筑结构而闻名于世。

坐了好半天，试图想象一个水分子，一个水的最小单位，等一会儿将流到布达佩斯，然后流到更远的地方……）那里流传着许多传说，故事的主人公是雅各布·斯蒂格，他的名字译成匈牙利语是楼梯·雅各布，这个学徒小伙子无论如何都想在钟楼完工的时候爬上尖顶——因为他想要靠近上帝！后来，他在全城人的众目睽睽之下，从塔顶上摔了下来。如陨石坠落。空气的阻力忽略不计，他坠落的时间也超过了五秒！整座城市，在长长的五秒内，所有人都在想生与死的问题……上帝喜欢乌尔姆教堂。

但是上帝并不喜欢，他并不喜欢年轻的雅各布在那一瞬间——当他的手正从紧抓的石头雕花上松开并开始坠落的那一刹那——的面部表情。那副面孔流露出的并不是惊恐，也不是憧憬，而是失望，变成一张空虚、憎恨的脸，那张脸已不再属于他。把你的脸埋在我的肩胛窝儿里吧。不—不—不！不要！不要坠落五秒钟！那不值得。Amor sui usque ad contemptum Dei（自爱，是对上帝的不敬），圣奥古斯丁这样说过，他已对一切进行了思考。但是他是否曾经想过，上帝是否曾经想过，假如我们将 sui（自己）也换成 Dei（上帝）的话，结果将会怎么样？这些词汇啊。

无限，让我们重新回到无限的话题，在其他事物中间变成了劣势和缺陷，许多的日子混淆到一起，比方说，星期二轻而易举地变成了星期三，因此浓缩在意识里：所有的一切都在同一天发生，就在那天，有一个来自哥本哈根名叫曼迪伽德的大胆男人用他嘶哑而温和的嗓音，以咖啡馆聊天的语调向上帝询问，或者说，他想来想去最后还是决定问一问上帝，问他的幽默感怎么没了？这也正是我想问他的问题，否则我并不想打搅他，随他坐在哪家咖啡馆的桌子旁，随他坐在哪家饭馆里、露台上、电影院的休息室内、足球场的看台上，或是郊外的教堂里。

即使他不想讲话——我也理解。

一会儿之后，我们告别。他继续走他的路，我继续走我的路。

*

人类为达到一个目的而使用多种手段；

上帝只用一种手段——达到多种目的。

——古斯塔夫·西奥多·费希纳[1]

人类常以形而上学的方式谈论世界，“这是鲁莽和不负责任”。正如非洲的谚语所说：词语再华丽，也只有母鸡能下蛋。上帝虽然是万能的，可他有一样事不会做，他不会吹萨克斯。至于他为什么不会，这个问题很难解释清楚。有一段时间，他忽视了勤奋刻苦、善于创造的比利时人阿道夫·萨克斯[2]；他认

[1] 古斯塔夫·西奥多·费希纳（Gustav Theodor Fechner，1801—1887），德国哲学家和实验心理学家。

[2] 阿道夫·萨克斯（Antoine Joseph Adolphe Sax，1814—1894），比利时人，木管乐器萨克斯风的发明者。

为用黑管就足以解决问题，并且没有意识到，自己对乐器的感觉有所欠缺。

如同所有的生灵一样，上帝也抱着超越自己的雄心，但是，既然他是最中之最，要想满足自己的欲望，他需要花费极大的心力和气力。无论怎样，他不会的东西总是吸引着他。最终，在这里蕴藏着他所有的创造性动力（初始的动力）。真理总是具体的，很久以后，有一位德国人这样说。上帝被故事吸引。故事。他想要故事。

他被无穷无尽、冷漠、单调的绚烂辉煌所包围，天堂的撒哈拉，像水晶一般对称而和谐，只有他自己想在上面投下阴影——如果你曾乘飞机外出旅游，而且没有在不该打盹儿的时候打盹儿，那么你该知道什么是黑暗，你会感觉黑暗总在尾随着我们——激情的平原，冰冻的风景，泡沫漂浮、静止不动的波涛，荣耀。“弗拉戈纳尔[1]风格的水面。”有人细腻地描绘道。上帝点了点头。

或像大脑皮质。对这个，对这些，我最多也只有这么点儿脑子。他小声嘟囔（在这个准备阶段）。或像菜花，世界菜花。在罗马有——也许将会有：然而，无论我们对那些最伟大哲学家的建议如何表示赞同，结果都是徒劳无效。哲学家们总是告

[1] 让－奥诺雷·弗拉戈纳尔（Jean-Honoré Fragonard，1732—1806），18 世纪法国艺术洛可可时期重要画家。

诫我们要“牢记未来，寄希望于过去”，可这些都是空洞的废话，语言如同欧几里得几何学，逻辑就像是习惯法；不仅如此，可怜的匈牙利语动词变格做出的所有令人疲惫不堪的努力，都让我们联想到诸如“所有集合之集合”的待解命题（这是比较含蓄的说法），晚发生总比永远不发生要好——在罗马，在犹太人街区，有一家可以尝到某种来自天外、妙不可言的花椰菜小饭馆，尤其是那散发着天使般香气、清爽怡人的调味酱，让人联想到……

故事的故事再简单不过：因为故事的前提是时间，时间的前提是死亡，上帝首先要创造死亡，为了创造死亡，他创造了人类。这样说来，上帝是将人类作为死亡的附属物创造的。这个道理清晰明了，用不着再做过多的解释。有件小事格外有趣，人类对此——每个人都是寿命有限的凡人——并不理解，或只能慢慢地理解。总之，人类就这样成为了上帝自我认知的工具。（这就是前面提到的上帝的世俗联系，天使们真实、由衷、非同寻常而不断发作的绅士般的嫉妒便从这里产生。我能不能像欧几里得一样，毫无关联地记录下……我该从什么地方说起呢？我们可以记得，在帕斯卡的作品里，宇宙空间的永恒寂静令我们惊骇不已，我们同时还能感觉到与上帝的接近，我们可以思索，上帝的语言是自爱的语言，是沉默的语言，“在这里——与词语的距离越来越远——消除了污染真理并割裂真理的混浊不清和支离破碎”，“终极真理同时包含了过去、现在与未来”。我到底为什么要说这个？是的，人类的出现意味着寂静的结束，天使们为我们的上帝在人类面前的威信感到担忧，天使们的语言被划定在沉默与讲话之间，他们中有的被形容为嘟囔，另一些被记述为吼叫、安静的嗡嗡或狂热的抱怨。有些人将天使的语言视为数学的语言，特别是考虑到它逐渐递增的数学性趋向，“这些形式与意义的庞大结构”与语言的距离越走越远，数学符号和单词之间的桥梁变得越来越不牢固，直到崩溃，轰然坍塌，另外有些人悄声低语：这就是天使的语言。我在这里引用的是一位名叫乔尔吉娜·斯通——不是安娜的小姨！——的盎格鲁－撒克逊女巫［一部关于在本世纪初和两次世界大战期间的欧洲历史性销毁与艺术性继承，以及在同一时空里对人文主义的实现与疏忽的编年史］的观点，苏克·厄顿·米哈依对此进行了详细的阐述……）

上帝带着温和的微笑，等待着在每个人的生命中注定将要发生的事情正在发生：人类将会意识到，死亡在他的掌控之下。安娜在她的祈祷中也领悟到了这一点，在她的眼睛里充满了惊愕，对于有限的惊愕。上帝作出了这样一个决定，为了能让安娜高兴，他要学会吹萨克斯。学会之后，他将吹旋律悠扬的布鲁斯曲。并不为祝福——他不想插手神父们的事情——只是为了，为了能让这个女人高兴。

“我给你烤一小块儿肉吧。”他母亲说。不，他还不饿，更何况他正在工作，别惹他心烦。他知道，他母亲知道在这种情况下该怎么做，等一会儿，等到下午的某个时辰，他将站在厨房凉着吃锅里剩下的圆白菜肉卷，红椒味儿的浓汁从他的嘴边流到手上，然后，他把手往自己的裤子上抹一抹。

他对纽约先锋音乐评论家贝拉·R. S. 撒关于萨克斯形而上学的大胆评论十分熟悉，撒以其独特的方式（或许这与他走过的坎坷道路有关，撒——注意！他是个男人！——作为一对堕落的波多黎各父母的孩子，逃到富有的邻国避难），通过一篇题为《萨克斯在卢卡奇[1]本体论中所扮演的角色》的专业论文脱颖而出，跳出了自己生活的阴影，从那之后，他与这句格言一起变得既声名显赫又声名狼藉：最渺小的卢卡奇也要比最伟大的卢卡奇的弟子更加伟大。（在专业文学领域里，无论如何还该提到那位自 1969 年后一直住在瑞士伯特明根市的亚罗斯拉夫·拉艾——由于他在捷克监狱里染上了哮喘病，所以得到一个“大喘气”的绰号，不过这个绰号并没能帮他逃出死神之手——的奠基性文献:《深呼吸［喘息］的无法承受之轻——从阿道夫·萨克斯到德克斯特·戈登》。）

用撒的话说：布鲁斯只知道该如何埋葬——再加上某部落的先民跳舞送葬这个古老的习俗；因此，打一个比方，有着三度不对称强音的《西西里之舞》，原本就是葬礼舞曲（巴赫《马太受难曲》中刚一开始的中音咏叹调《怜悯我吧！》，以及根据

[1] 乔治·卢卡奇（Lukács György，1885—1971），匈牙利著名的哲学家和文艺批评家。

该作品改编的小提琴—钢琴奏鸣曲，C 小调，BWV 第 1017 号作品），直到 16 世纪，西班牙的贵族们还围着尚未盖棺的墓穴伴乐起舞。萨克斯并不存在？先有的理性，最后才有萨克斯？萨克斯像是双性恋？上帝不以为然地挥了下手。

上帝真的吃了一点儿剩在锅里的圆白菜肉卷，而且没有浇酸奶油，不过这个秘密只是你知我知，不要告诉别人。吃完之后，上帝召见六翼天使的主管，想让他教自己吹萨克斯。

他们没有达成协议。

“这个迂腐的蠢货！”上帝感到十分恼火。他厌恶地看着那张总在嚅动的噘着的嘴——因为跟所有的小号手一样，六翼天使的主管也总是时刻不停地训练嘴唇。

上帝发下谕旨，招募所有的萨克斯乐手。无论花多少钱都不在乎。奇怪的瘟疫在地球上暴发。许多伟大的萨克斯手不远万里，来自四面八方（他们中有的可以回去，比如说捷卡辛，他被送回到维尔纽斯，还有莱德拉克，去了菲尔特拉库什，丹斯库，鬼知道他最后去了哪里），约翰尼·霍奇斯来了，厄尔·伯斯迪克来了，戴礼帽的塔布·史密斯也来了，接踵而至的是哈维金，桑尼·斯蒂特，阿尔特·佩珀，亚瑟·布莱思，伊利诺斯·贾奎特，来自克利夫兰的乔·亚历山大，本尼·卡特，莱斯特·扬（极简艺术！），半夜在威廉姆斯堡大桥上练习、喜欢跟轮船的汽笛对话的桑尼·罗林斯，伟大的德克斯特·戈登（他回来了吗？），举止古怪的阿尔伯特·埃勒，他在布鲁克林大桥国会大街桥头被人从东河里打捞出来（毫无疑问，在他的下巴上有一小撮灰白胡子）。[1]

上帝选中了查理·派克（他的地址是J.库塔扎尔提供的）。当他来到上帝跟前，“小鸟”脸上还挂着微笑，跟以往一样，他总忍不住对自己发笑，1955年3月12日，他在看多尔西兄弟的演出节目时，突然死在了电视机前。查理·派克管上帝叫“布鲁诺”。

“嗨！布鲁诺，我忠实的老朋友，你对我就跟哮喘病一样忠实。”上帝掏出一包高卢牌香烟，还有一瓶朗姆酒。

“我们好久没见面了。”上帝温和地说。

“你总是在算计时间……第一，第二，第三，第二十一。你想把一切都换算成数字。”查理大笑，并信口开河地从他的牙缝和嘴唇间冒出这么一句：“我把我的萨克斯管丢了。”

“你是怎么丢的？”这个话题令人不快。

“在地铁里。为了保险起见，我把萨克斯管塞到了座位底下。一路上我都感到非常踏实：我知道它就在我的屁股下面，十分安全……那是我这辈子用过的最糟糕的一支萨克斯管，多克·罗德里格斯用过它，从灵魂上说，它完全成了一堆废铜烂铁。它的构造尚且说得过去，只是，唉，那个罗德里格斯就连调音都能毁掉一把史特拉迪瓦里小提琴。”

[1] 以上均为著名的布鲁斯萨克斯演奏家。

那时候，已经没人再敢把乐器借给查理，因为他不是给弄丢了，就是转眼毁掉。在波多尔，他弄丢了路易斯·洛林的萨克斯，那支萨克斯还是洛林在一次巡演中从戴迪那里得到的，结果在查理手里断成了三节，被摔拧了，踩扁了。鬼知道他总共丢过、毁过、当过多少件乐器。而且无论使用哪一件，他所演奏的中音萨克斯曲，似乎都只有上帝能够跟他媲美，当然前提是假如上帝放弃演奏七弦琴和长笛。至少我是这样认为。

这就是查理为什么被请到这里的原因。这时，上帝取出一瓶朗姆酒，仿佛有人突然开灯：出于惊讶，查理的嘴咧到了耳根子上，他的牙齿闪闪发光。他俩开怀畅饮。在查理·派克身上，尽管并没有多少教学的热情，但他还是演示了一些基础技巧。他大嚷大叫地解释，挥舞胳膊，做着鬼脸，而在这一切里，还带着些许的心不在焉。上帝并不生气，听得聚精会神。

“布鲁诺！这不着调！比不着调还要不着调！不着调的不着调。这种不着调不可能存在，简直不可思议……忘了你的肺吧！气要从丹田吐出来，听懂了没有？！”同时他长长叹了口气，好像用尽了最后的气力，“你要握住！往前握！……注意指法顺序，布鲁诺！你干什么呢？！你在偷懒，你在指法上偷懒……继续吹……你要钻进音管里！……咬住，咬住，不要嘬……柔韧一些！别跟猫头鹰叫似的，声音要柔韧，你干什么呢？！要跳过八度，布鲁诺！注意和弦！你倒是跳啊，我的老天！”

“哼。”上帝用鼻子叹了一下。

“布鲁诺，这样的事是有，传说里才会有……你的手是什么做的？！”

“求你了，‘小鸟’，别跟我嚷嚷好不好。”

“要是跟上帝，我就不嚷了……”

“你看，我说的就是这个。”

“好吧，别紧张，布鲁诺……你什么也别想，抛开你脑子里的各种杂念……思想要从乐器里产生，真正的想法是乐器的自然产物……我们先从头到尾地吹一遍进行曲……之后再吹小酒馆狂欢曲……所有这些该死的艺术名曲你都要学会……深一点，再深一点，气要从脏腑里运出来，布鲁诺……听上去不能那么轻飘飘的，精神的品质加上内心的热诚……必须要把时间凿碎……”

上帝知道，最终的结果将是：烦恼。在他见过的人里，能像查理这样会为所有与时间有关的事情激动的人并不多……事情发生在辛辛那提，要比他的巴黎之行早许多年，大概是在1949年或1950年。当时的查理正处于巅峰，上帝之所以去看排演，就是想听听他和迈尔斯·戴维斯[1]的演奏。所有人都在全神贯注、身心陶醉地演奏着，他们穿得十分得体，演得非常投入，没有丝毫的焦躁敷衍，音响师满意地在小窗口后手舞足蹈，像一只开屏的孔雀。偏偏就在这一刻，就当查理沉浸在快乐里时，他突然毫无缘由地停止了演奏，用拳头猛地捶了谁一下说：“这

[1] 迈尔斯·戴维斯（Miles Davis，1926—1991），美国著名的爵士乐小号演奏家。

个我已经明天再演。”小伙子们呆若木鸡，只有两三个人继续演奏了几个小节，如同列车缓慢刹车，查理又捶了一下那人的头说：“这个我明天已经演过了，太可怕了，迈尔斯，这个我明天已经演过了……”

“不过，我为进入这个绝对的时空感到满足。”上帝说。

“别瞎扯了，布鲁诺。时空只不过是你用来表达自己观点的词汇而已，不是吗？！布鲁诺！这里谈的只是你的观点！物质或能量？！这有什么区别，布鲁诺？！你说啊？”

他们继续喝酒，之后，查理压低嗓音开始说话，他问上帝知不知道：什么是抵押？肯定是什么可怕的东西，因为每当他从父亲嘴里听到这个词时，母亲都气得直揪头发，最后总要动手打一架，于是，家里的时间变得无限漫长，但是音乐将他从时间里解脱出来，换句话讲，如果上帝想要知道他当时的感觉，那么他可以这样说：音乐将他置于时间之中，但要知道，其实时间什么也没做……所以，该怎么说呢……时间从各个方向压迫他，因为，时间不是一个你可以将它填满的麻袋。

“布鲁诺，假如我始终能像我在当时演奏的那几分钟里一样生活的话……你能否想象得出，在短短的一分半钟里能够装下多少东西……如果真是那样的话，一个人可以活几个世纪，不光是我，还有戴迪，你，乐队的小伙子们和我们所有人；如果我们能够悟出这个秘诀，我们的寿命就会比现在延长上千倍，就不会像现在这样为几小时而活，为几分钟和几星期的癫狂而活……你听我说。让我告诉你点儿什么吧，布鲁诺……要将忧伤从中音区里呼唤出来，它自己是不会出来的，你要向它下跪，布鲁诺，你要求它，你懂不懂？！……你知道，我管这个叫什么吗？‘缓慢死亡’的节奏……吹奏乐器，就跟唱歌一样……”

“你把你的萨克斯弄丢了。”

“别怕，布鲁诺，它就在我手里，只是无形而已……”

他从上到下仔仔细细地打量了上帝一眼，随后开始吹《醇香的葡萄酒》《白杨》的主旋律，他两腿叉开，仿佛站在摇晃的船上……从嗓子的后部发出沉闷的声响，产生了一种粗糙的喉音效果，紧跟着乐器发出低沉的吟唱，就像一个受伤的人，呼吸紧促，喘不上气，正如亨德森所说，他的即兴创作，迅疾如风，时而轻晃慢摆，时而前后摇撼，他的乐声可以穿到地心深处，或者如同插上了翅膀，声音的纯然之力扫净天空密布的乌云。

即使上帝预先（“预先”）知道（“知道”）事情的结局会是（“会是”）这样，但也无济于事。他的一切努力都是白搭，就音乐而言，它所需要的并不是金钱，不是乐器，不是天赋，音乐的首要前提是时间。然而，永恒不是时间。无限不是全部。无休无止的抱怨开始了。

这就是故事发生的现场，他暗中思忖，这就是交易的地点。地点已经有了。故事呢？一大堆问题。发生的将是什么故事？有没有哪个故事是我的？还是所有的故事都是我的？还是只有那个让我改变了的故事才属于我？根据自己的坏习惯，上帝在幻想之中理解了自己的敌人，包括对敌人的憎恨，还有那种突然爆发于爱的愤怒，他理解了背叛和嫉妒的狂躁，他将温和的目光投向那个骄傲自负的乌尔姆学徒工，他想赢得所有人的爱，他忽然记起，爱因斯坦也是在乌尔姆出生的。看到一个故事发生并且置身其中，难道这不是自相矛盾？他朝作家望了一眼，但未能变得更加聪明。尽管如此，他还是不想彻底放弃跨入时间的可能性。他不愿意放弃。他能做些什么呢？有谁能够无所不能？他郁闷地断定，自己什么也做不了，除了能做的之外他别的什么也做不了。什么都不能，什么都不能，什么都不能。一个喜怒无常的女人从迈阿密上空飞过，她是飓风露西。他仔细咀嚼这个自己想出来的古老的概念，这个宙斯的释义。我能将我的影子投到我身前。从远处看，没什么会让人觉得有趣；近看有趣，远看美丽。时而靠近，时而远离。

派克突然使劲吹了一声萨克斯，搅乱了整个天堂的和谐，随后戛然终止。上帝稍微有一点怕他。（这时的查理，“小鸟查理”当然已经变成了天使。）这时候上帝看到，查理突然掀掉了盖在自己身上的毯子，上帝看到，查理一丝不挂地坐在扶手椅上，一条腿向上收起，下巴抵着膝盖，他不仅笑得发抖，而且笑得发狂，赤条条得像一个刚降生的婴孩，坐在又脏又破的扶手椅里。

“太热了，”查理说，“布鲁诺，你看，在我的肋骨之间有一道多么可爱的小伤疤。”

他们彼此非常熟悉，一个裸体的男人只不过是一个裸体的男人，但是上帝一时感到束手无策，他不知道自己应该怎么做，才能不让周围的人以为他被查理的举止激怒了。当然查理的心里非常明白上帝的尴尬，所以他才嘎嘎大笑，继续不雅地蜷着那条收起的腿，生殖器耷拉在椅座的边缘，就跟动物园里的猴子一样，他的大腿上沾着一些可疑的污渍，这让上帝感到一股难忍的恶心。他迅速为查理盖上毯子，但那家伙只是狂笑，眼神里流露出无比的快乐。

“你别给我盖上，布鲁诺。六个月前，six，sax，sex（六，萨克斯，性）。真机灵啊，布鲁诺。见你的鬼去吧，布鲁诺……神奇的铁皮喇叭……当我演奏的时候，起初我以为是在做爱……你不要嫉妒，要更加平和地演奏它……”

“我该演奏什么？”

“你要演奏你所相信的东西。创造你所需要的音乐。你不要喘，你要让乐器喘。只让萨克斯在你的手中用鼻音喘息。就像一只小动物，随它怎么喘，享受这份温暖。小鸟。鸟类学。再平和一些。”他突然大声地笑起来，“真理正在阔步前进……”

上帝凑近查理·派克的眼睛仔细审视。在什么地方他曾经看到过这种恐怖，想来他只在镜子里看到过，在镜子里，忧伤、战栗和知识就曾这样回望着他，彼此目光的相互分享，重新收回被占的疆土，以后将会再次失去？的确，他能在维也纳艺术博物馆这间挂满自画像的小展厅里一站就几个小时，他只注意目光，只注意眼睛，并且从中辨别出自己的和母亲的眼睛。他从母亲那里继承的眼神，是伦勃朗展示给他的。那个很小很白，随随便便涂在那里的颜料斑点，向他讲述了这所有的一切。上帝喜欢物质，他可以毫无节制地放任自己。大脑，花椰菜，牛奶，弗拉戈纳尔。查理·派克，有病的天使。

我的无限，他想，是乌龟的无限。时间无限，直到被阿基琉斯追上。“目击者总会有的”，这话他从谁的嘴里听到过？

> 那你可以回家了。你要感激亚诺威神父。是他在麦蒙的《摩西经》里找到了某种含糊不清的暗喻，为你提供了佐证。
>
> ——I.B. 辛格《傻瓜吉姆佩尔》

“一切的山峰之上，是寂静。”[1] 寂静统摄着疯子们头顶的天空。天堂在上，在云层之上。寂静统治着至高无上。他的母亲坐在扶手椅里闭目养神，大腿上摆着一本书；他小心翼翼地将眼镜从她的鼻梁上摘下，并用事先备好的毯子为她盖好。下面的人类已经入睡，假如我们现在不去理睬地球是圆的这个事实的话。

他的眼睛很疼，风已刮到了近海。巴拉顿湖已经发出了暴

[1] 出自歌德《流浪者之夜歌》（宗白华译）。

风雨将至的危险信号，湖水的水温在塞欧福克市为 20 度，非常诱人，但让人困惑。他忽然想起，有一次乔·琼斯在康特·贝西乐队里用他的铜镲砸向派克，他实在不能理解派克的音乐，派克哭着跑了出去。[1] 他从地铁座位下取出那只破烂不堪的胶木萨克斯，“不是一支塞尔玛[2]，布鲁诺，而是，布……是我吹的。”有一位名叫米泽拉的男士，他是俄斯特拉法市帝国宾馆的大厨，三分钟内喝下十扎啤酒，那就是现在的世界纪录。“他总在窥视。”他听到圣托马斯这么说他；当时他的情绪十分低落。不思饮食。他等着赫拉巴尔喂完那些猫，然后开口叫他：

上帝：Pane doktore，s Vámi to dlouho nepotrvá，意思是说，您不会拖得太久了，博士先生。[3]

赫拉巴尔：Já jsem ten，který platí，意思是说，他是那个必须付账的人，在他脸上挂着 reelní hrůza，真实的恐怖。

上帝：他们把话弄混了。赫拉巴尔先生应该说，我不会拖得太久了，所以在我的脸上挂着 reelní hrůza，我来付账！

赫拉巴尔：Dobře míněno，意思是说，他说这话是出于好意。

上帝：Či ne tak docela pravdu，意思是说，并不是这样，但

[1] 据说查理·派克的老师乔·琼斯曾因为不满意他的演奏而将一个镲片砸向他的脑袋，促使查理·派克发奋练习，终成一代大师。

[2] 法国著名的乐器品牌，专门生产木管乐器。

[3] 上帝与赫拉巴尔的对话用捷克语进行，内容摘自卡夫卡写给情人米伦娜的书简。作者通过这种独特的方式，表达自己对这两位捷克文学大师的崇敬。

是说实话，这句话我也不太明白。

赫拉巴尔：Jen strach o Vás……意思是说，上帝的恐惧。

上帝：沉默。

赫拉巴尔：Ani jediné slovo，které by nebylo velmi dobře uváženo，意思是说，估计没有任何一个单词他还没有仔细琢磨过。

上帝：沉默。

赫拉巴尔：To mě rozbolelo，意思是说，这种沉默伤害了他。

上帝：Škatule，škatule，hejbejte se，意思是说，这很像孩子们玩的那类“老太婆，剪子在哪儿？”的游戏。

赫拉巴尔：Tak？什么？

上帝：Jste Žid-？意思是说，他是犹太人吗？

赫拉巴尔：Nechápu，意思是说，他没有搞懂这句提问。

上帝：Ano máš pravdu，mám ho ráda，意思是说，对，没错，她很爱他，可是她又是谁？并没有弄明白，尤其令人不解的是，这跟犹太人有什么关系。一只燕子叫不来夏天。（根据一个不大可靠的说法，上帝本人也有三分之一的犹太血统，也许这句提问与此有关。最好我们还是别卷入这样的话题。Mázl tov，无论如何。）

赫拉巴尔：Dvoje šaty mám a přece slušně vypadám，意思是说，这位伟大的捷克作家只有两套衣服，但他看上去仍很潇洒，他身上穿的是爱的礼服。

上帝：Krásná vůbec nikdy，vážně ne，snad někdy hezká，意

思是说，尽管真理只有一条，但她的面孔千变万化，尽管从不会显得美丽惊艳，确实不会，但有时还是颇具魅力。

赫拉巴尔：沉默。

上帝：Nechat člověka čekat，意思是说，……让人等待；他肯定认为，让人等待不是一件值得称道的事。

赫拉巴尔：Že vlastně Ty jsi člověk，který nemá Tušeni o tom，意思是说，上帝是世界上唯一的那个根本不清楚“大胆陈述”是什么意思的人。

上帝：Tajemné，非常隐秘，意思是说，非常神秘。

赫拉巴尔：Marně，毫无用处。

上帝：Ženy nepotřebují mnoho，意思是说，女人的要求并不太多。可是这话从何说起呢？

赫拉巴尔：Váha světa，意思是说，女人是世界的天平。

上帝：Samozřejmě，他对此表示毫无保留地赞同。

赫拉巴尔：Čekáš，až to Tobě bude nutné，意思是说，上帝通常只等待他乐意等待的那么长时间。

上帝：Nemluvně，pro sebe，意思是说，所有的婴儿在襁褓里时就知道这个，telegrafovat Ti ten falešňý telegram nemá tedy smyslu，neposílám ho，意思是说，没有必要来回来去地发送不实的电报或虚假的电报，这种事他不会干。

赫拉巴尔：Strach，touha，strach，touha，strach，touha，恐惧，渴望，就像一个人陷于欲望之中，小姨子，我要把你操烂。

上帝：To je krása，to je krása！说得太棒了，再来一遍。

赫拉巴尔：沉默。

上帝：Jsi můj，你是我的。

赫拉巴尔：沉默。

上帝：Nechci，abys na to odpovídal，我并不期待你对这个予以回答。

赫拉巴尔：沉默，即回答。

上帝：Nemáte síly milovat，你们中间没有一个人拥有爱的力量。

赫拉巴尔：沉默。

上帝：Nebude toho nikdy，意思是说，这永远不会发生，没有人知道这是什么。另外，Jste žid？这只是个玩笑，但没有人理解，每个人都紧张得像赛因茨的马。（可以说是个民间传说。）

赫拉巴尔：沉默。

上帝：那本 Bubácká Kniha，那本写鬼的书怎么样了？

赫拉巴尔：O mně rozbil，意思是说，是不是他把它打碎了？

上帝：你在马尔希河[1]里游过泳吗？

赫拉巴尔：（声音很小）我没游过，不过，今年的李子将会丰收。

上帝：我的孩子，这不是回答，这只是事实。

[1] 流经奥地利和捷克的一条河流。

坐在扶手椅里的母亲突然鼾声大作。她从来不相信自己会打呼噜，或许，没有一个打呼噜的人相信自己会打呼噜，再者说，母亲本来也不是一位很温和的人；母亲女中音的鼾声，又让他想起了萨克斯！他吹了两声口哨，鼾声停了，这一招还真灵，总让他感到不可思议。总之，今年的李子将会丰收，不管怎样也是种希望。

他俯瞰乌尔姆城，看看教堂钟楼的尖塔工程进展如何。他看到楼梯·雅各布正爬上塔顶，他也看到了我，我正喘着粗气、头发蓬乱地坐在那儿休息，冰凉的汗珠从我的脊背和额头流下来，他看到了我在想什么，他看到了一切，一切我今天早已经忘记，而且不想凭空编纂的东西，所有的一切他都尽收眼底：他看到空间的海洋、时间的涌流、玫瑰枝、黑森林和黑海、约翰·胡斯[1]和一本二流小说里的一个重大的印刷错误；他看到塞莫皮莱战役[2]、扬·帕拉赫的火焰[3]和一个名叫马塞尔的孩子的降生，以及后来这同一个男孩染上的脚气；他看到苏联坦克开进布拉格、布达佩斯、莫斯科和圣地亚哥；他看到一队来自哈里·卡列尔·克洛方达公司的商旅、一枚拼命努力的卵子、一具躺在慕尼黑

[1] 约翰·胡斯（Jan Hus，1371—1415），捷克宗教思想家、哲学家、改革家，积极推进宗教改革，1415 年被教会烧死在火刑柱上，此事激起民愤，爆发了“胡斯战争”。约翰·胡斯如今已成为捷克民族主义象征性人物。

[2] 即著名的古希腊温泉关战役，斯巴达 300 勇士的故事。

[3] 1969 年 1 月，捷克大学生扬·帕拉赫为抗议华沙公约组织军队入侵捷克，在布拉格温赛斯拉斯广场自焚而死。

公墓里的苍蝇盘绕的尸体、一句关于人类挑战性孤独的复杂句子、一副张不开的下颌、一张“零公里”的吊床、一把花园靠椅和一张被忘在屋外的躺椅；他看到站在太阳下的我、费米的核反应堆和加涅林三重奏[1]，加涅林在钢琴旁，塔拉索夫在鼓架旁，他的左腿不好，还有身材矮小的捷卡辛正同时演奏两支萨克斯，以及他那支生铁铸的（！）单簧管；他看到托马斯·曼在晚饭后一边听法国的室内乐一边阅读《新的世界舞台》，海因里希正饶有趣味地写希特勒的最后讲演；他看到编号为 111 号的贝多芬最后一首钢琴奏鸣曲中那段悠扬抒情的著名乐章，在这一乐章里，有一个出人意料的快速乐段，简直像是爵士钢琴低音联奏的先声（用撒的话说，“贝多芬听到了未来”）；他看到约翰·柯川[2]长得出奇的手指、黄昏的蓝色时辰（时光布鲁斯）、路德最喜爱的饮料（爱因贝克市酿造的啤酒）和卡普洛夫卡大街上的高压水车；他看到了我，看到卡达尔·亚诺什[3]的讲话、鲁道夫二世[4]在死前三周的自慰（“手淫，或许——永远不能——将你引上一条摆脱困境的出路，但还是创造出了一个调和的时空和所有作品的起源；不是节奏，而是勃动！”）、大地上所有

[1] 苏联一支前卫爵士乐队，由加涅林、塔拉索夫、捷卡辛三人组成。
[2] 约翰·柯川（John Coltrane，1926—1967），美国爵士萨克斯演奏家、作曲家。
[3] 卡达尔·亚诺什（Kádár János，1912—1989），匈牙利政治家。1956—1988 年担任匈牙利社会主义工人党总书记。
[4] 鲁道夫二世（Rudolf Ⅱ，1552—1612），哈布斯堡王朝的神圣罗马帝国皇帝（1576 年—1612 年在位），也是匈牙利皇帝（1576 年—1608 年在位）。

可以找到的鹅卵石，特别是来自罗德岛的那一块；他看到所有的树木，特别是那株蓝色的，看到所有的平原，特别是匈牙利大平原，看到所有的生日蛋糕，特别是淋了利口酒的那块，看到世界上所有的雀斑，特别是那个紫头发的摩洛哥女人脸上的；他看到所有人们曾经写下、曾经道出或埋在心里的话语，尤其有一句:“你舅舅今天被处死了。”他看到诗情画意的霍德梅茨瓦沙海依、诗情画意的蒙德塞和所有的西班牙女人，他盯着她们看了好久，她们恰好就在这个“瞬间”感到累了；他看到意大利西装、轻便皮鞋、开胃小菜，他对意大利人有点偏爱，有一件小事颇具代表性，他把法国的普拉蒂尼当成了意大利人；他看到格伦·古尔德[1]在录制唱片时的小声哼唱，看到在玩纸牌的撒旦;他又看到了雅各布的脸，看到正走在第526级台阶上的我；他看到一条鲤鱼游在新乌尔姆脚下，之后他又在古老的列根斯堡看到了它，后来同是这一条鲤鱼，经过煎炸之后摆在一个奥地利人的餐盘里，旁边配着炸焦的土豆条，不是酥脆，而是烟黑；他看到少女时代的安娜母亲，看到少妇时代的博胡米尔·赫拉巴尔的母亲，看到十八岁时身穿匈牙利民族服装的作家的父亲，看到画眉鸟在唱“小子—小子，年轻的小子，要—还是不要—胡桃—小子……”；他看到作家，看到安娜，看到那句除了他没有别人知道的作家和安娜心底的话；他也看到了自己。钟楼正在修建中。

~~~~~~~~~~~~~~~~~~~~~~~~~~~~~~~~

[1] 格伦·古尔德（Glenn Gould，1932—1982），加拿大钢琴演奏家。
~~~~~~~~~~~~~~~~~~~~~~~~~~~~~~~~

他看到了一切，这使他感到那么孤独，如同我的小手指。孤独的存在，既高贵又痛苦。我们的处境就是这样。因为时间就像松树干上的树胶一样从孤独里渗出，就像我们的手里抓了一把酸白菜，菜汁顺着指缝向下滴淌。类似的比喻还有许多。

上帝小心翼翼将查理·派克的萨克斯管拿在手里。指法，握姿，内脏，血液循环，下巴伸缩，他温习了一下所学的东西。兴奋紧张。（他的听音不是很准，巴赫·约翰·塞巴斯蒂安便是一个不容辩驳的例证，上帝创造出巴赫取代了自己。）寂静笼罩。他又朝我们心爱的乌尔姆大教堂瞥了一眼，哈罗，我在那里！在那儿！我！在那儿！在钟楼的塔顶，我晕眩地靠在墙壁上，强劲的风吹散我的头发，在我脑子里唯一仅有的只有一样事，恐惧，更准确地说是担心，担心大风万一会把我的眼镜吹掉，我紧张地把眼镜攥在手里，strach，touha（恐惧，渴望），由于恶心我闭上了眼睛，紧紧闭着，就在这时，雅各布抓在手里的石头雕花突然碎裂，最后的一块石头雕花。

我还有五分钟，上帝心想，他望着那个年轻人面带憎恨的脸，一、二、三，来吧，你在还等什么呢……他咬住萨克斯的吹嘴，将气吹进管子里，他立即意识到，糟糕，好像是在擤鼻子，擤宇宙的鼻涕，情况糟得无可挽回，不是有一点儿糟，也不是非常糟，而是糟得一塌糊涂，不可救药，但他还是继续吹，使劲儿地吹，坚决地吹，带着业余音乐爱好者的固执与坚韧，他的肺疼得好像从胸腔里头被吹了出来，破碎的肺叶、肺泡穿过弯弯曲曲的痛感乐管，血红色的残云片片飘远……

他忧伤、惊恐地坐在那儿，像是一个被吓坏了的孩子，萨克斯垂在两腿之间。他的母亲以只有母亲们才可能做出的那种令人发疯的方式蹑手蹑脚地走到他身后，走到儿子身后，将手指插进他的发根，她没敢说话，因为她完全被儿子的样子给吓住了。“别折磨自己了，我的儿子。”她在儿子身边坐下，轻轻地坐下，如同一片飘落的秋叶。慢慢地，她将儿子的头搂在怀里。上帝不安地试图为自己的脑袋寻找一个新的休憩之地。他的身体感到阵阵颤抖。

“爱，”他茫然若失地嘟囔说，也不知他重复了多少遍，“回头还是让我来关照爱吧。”

这个强大的、不同寻常的声音充斥了世界的每个角落，飘到了所有遥远的海湾和隐秘的缝隙，这个粗粝的、蹩脚的、缺少天赋的、令人难以忍受的萨克斯的声音，与其说是音乐，不如说是喘息和絮叨，等于承认了自己的失败，哽咽的哭泣、哀伤的祈愿充满了整个造化的世界，这是小说里最后一个引人共鸣的词句，这是一个耸人听闻、无可救药、平庸低劣、令人震惊、效果糟糕的安抚之声，这是无能、唯一与全部。

译后记 / “在一定的层次之上，我们不会沉陷到一定的层次之下”

——匈牙利作家艾斯特哈兹·彼得及其作品

……所有的一切，都要他来记忆，还有所有的人，
他母亲的记忆，成为他的，不管他愿不愿意，
他父亲的记忆，成为他的，
他邻居的记忆，成为他的，
义务警察的记忆，也成为了他的，
所有的一切……

——《赫拉巴尔之书》

对我来说，所有的一切都是家族的历史。

——《哈恩－哈恩女伯爵的一瞥》

一、他背负着帝国的沉重记忆

“从 2016 年 7 月 14 日开始，我们生活在艾斯特哈兹身后的世界状态下。后艾斯特哈兹文学时期开始了。”这是著名文学

评论家卡洛伊·乔巴在艾斯特哈兹·彼得去世后写下的一句话，足以看出艾斯特哈兹·彼得在匈牙利文学生活中的重要地位。他不仅是一位伟大的作家，还是匈牙利民族的一个重要人物，因为他身上载负着家族、民族的沉重记忆，因为他用笔记下了缄默的过去。只要他活着，历史就会在黑暗中被一束光照着，微暗的火，容不得谎言。

“我们家族的姓氏取自‘长庚星’[1]，开始的时候我们没有家姓，在11世纪的公文和档案记录里，只写公务员的教名，极少提到家姓，如果没有家姓，也就没有家族。（家庭是彼此具有亲缘关系、来自同一血缘、拥有共同历史并继续凝聚在一起的个体的集合。尊崇祖先，尊重他们的记忆，这是家族之爱的根基，同时也是爱国主义的根基。因此，忘记自己的过去、不尊重祖先记忆的家族，等于斩断了民族生命之树的一条根……）”作家在《和谐的天堂》中这样记述。艾斯特哈兹家族第一位有据可查的祖先，是12世纪末在匈牙利宫廷担任公证官的莫库德（Mokud）。从那时算起，在后来的七百多年间，这个家族始终未离朝廷左右，特别是在16世纪后，这颗星越来越明亮，逐渐成为启明星，逐渐进入中欧诸国的政治、军事与宗教核心，世世代代的艾斯特哈兹们既是匈牙利历史的参与者，也是缔造者。

[1]“艾斯特哈兹”匈文是Esterházy，“长庚星”匈文是Esthajnalcsillag。长庚星即启明星，是八大行星中的金星。

“自从获得了名誉和地位，家族分成了两个分支。一支是族人众多的公爵家族，另一支是子孙繁盛的伯爵家族……”作家本人，是伯爵家族的后裔。

艾斯特哈兹·彼得的祖先，有的当过大臣、将军或总司令，有的任过州长、主教和大主教，还有两人出任过总理。家族历史中第一位重要成员是艾斯特哈兹·费伦茨（Esterházy Ferenc，1533—1604），曾任波若尼州的副州长，他的十个孩子之一艾斯特哈兹·米克洛什（Esterházy Miklos，1583—1645）于1613年获赐男爵头衔，1626年获赐伯爵头衔，权倾朝野，地位仅次于马伽什二世国王。从那时开始，艾斯特哈兹家族的命运与本民族的命运息息相关，在这个家族里，有与奥斯曼土耳其侵略者浴血奋战的大将军艾斯特哈兹·帕尔（Esterházy Pál，1635—1713），他亲自参加了解放维也纳（1683年）和布达（1686年）等重要战役，于1681年被选为“纳多尔”[1]，是忠诚于哈布斯堡王朝的家族成员；也有为民族独立而战、反抗哈布斯堡王朝统治的民族英雄，最知名的是艾斯特哈兹·安陶（Esterházy Antal，1676—1722）将军，后来被流放到土耳其的泰基尔达市，客死异乡。

到了奥匈帝国时代，艾斯特哈兹·彼得的曾祖父艾斯特哈

[1]“纳多尔”是匈牙利王国通过选举方式授予的一种特殊贵族头衔，其政治地位仅次于国王，也译作“帕拉丁伯爵”，在艾斯特哈兹家族的历史上，出现过多位“纳多尔”。

兹·米克洛什·莫里茨伯爵（Esterházy Miklós Móricz，1855—1925）曾担任奥地利皇家卫队与匈牙利皇家卫队的卫队长，后任匈牙利天主教协会主席；曾祖母则是一位法国公主。彼得的祖父莫利茨（Esterházy Móricz，1881—1960），曾在“一战”末期临危受命，出任匈牙利总理，战后担任劳动部部长。在“二战”期间，由于主张匈牙利退出“二战”，在匈牙利纳粹党——箭十字党登台后，先后被盖世太保关进邵普朗的石桥监狱和位于奥地利境内的毛特豪森集中营。“二战”结束，艾斯特哈兹家族的财产被公有化，1951 年莫里茨祖孙三辈被举家迁到赫维什州的霍尔特村，当时小彼得还未满周岁。1956 年秋天，匈牙利人民起义遭到苏军出兵镇压，莫里茨伯爵逃到奥地利，不久后死在维也纳。1957 年，彼得的父亲、已沦为平民的末代伯爵艾斯特哈兹·马伽什（Esterházy Mátyás，1919—1998）获得当局的许可，携妻带子地迁回到布达佩斯……其背后不为人知的秘密，许多年后才被痛楚地揭开。

艾斯特哈兹·彼得身上与生俱来地背负着帝国兴衰的沉重记忆，这为他的创作提供了丰富的素材。在他创作的一系列“家族小说”里，最重要的莫过于《和谐的天堂》和《修订版》，作者以庄重、细腻、幽默的手笔追溯了家族几百年的故事，用惊人的坦诚讲述了他与父亲之间的熟悉和陌生，不仅折射出欧洲历史的风云变幻，还无情剖解了一个人在历史坐标系里扭曲变形的复杂人生。

二、爱踢英式足球的文学叛逆

艾斯特哈兹家族的领地曾遍布中东欧地区，城堡和庄园多达二十几座，现在有的改建成肺病疗养院，有的作为“创作之家”使用；即使不知道作家艾斯特哈兹的游客，也光顾维也纳城中的艾斯特哈兹酒窖，也会在布达佩斯的甜点店里品尝美味的艾斯特哈兹蛋糕；喜欢古典音乐的朋友们大都知道，海顿曾任艾斯特哈兹家族的宫廷乐长。有一次跟他在中餐馆里闲聊，我开玩笑说：“很遗憾你现在不是伯爵，否则咱们现在可以坐在庄园里点烤鸭，他莞尔，并无遗憾地回答：“我幸亏不是艾斯特哈兹伯爵，否则你就没机会翻译我的书了。你想啊，我是家中长子，肯定要当家族长，每天要视察那么多的领地管那么多的仆人，哪里还会有精力写书？”

这句话里既暗藏了历史的苦涩，也有对现实的勇敢直面。虽然，他一出生就变得一无所有，但他承担了家族精神遗产继承者的使命，从 26 岁写到 56 岁，写到生命的最后一息。最后一本《胰腺日记》，是在他辞世前一个月出版的，擘肌分理地记录了自己与癌魔共生的最后一年。

我第一次与艾斯特哈兹·彼得见面，是在十五年前一位作家朋友的家庭聚会上，如果没有记错的话，凯尔泰斯那晚也在场，只是我还不认识他。艾斯特哈兹身材高大，体格健壮，鼻梁又窄又高鼻头很大，戴一副银边眼镜。即使没做出任何表情，宽阔的额头上也有两道海鸥状的长长皱纹；眼睛很像歌德，眼角下垂，眼袋明显，眸子碧蓝；气质既幽默又儒雅，不仅健谈，还注意倾听，嘴角上总挂着一抹混杂了睿智与纨绔的微笑。最惹眼的是他那一头浓密、蓬松的银灰色长发，散发着浓郁、自由的艺术气息，让我联想到小泽征尔和贝多芬。朋友向我介绍说，艾斯特哈兹是一个全才，不仅写小说、散文、喜剧、歌剧，而且曾是有名的足球健将。

1950 年 4 月 14 日，艾斯特哈兹·彼得生于布达佩斯，父亲是艾斯特哈兹·马伽什伯爵，母亲是马纽吉·伊莲·玛格多娜。还被抱在襁褓里时，就随着家人一起被当局从首都赶到乡下，身为法学博士的父亲变成了瓜农。1957 年夏天，一家人迁回到布达佩斯。1964 年，他小学毕业，在一所教会学校读中学。1969 年，考入厄特沃什·罗兰大学数学系，1974 年毕业后，曾在匈牙利机械部工作了四年。年轻时，彼得踢球成瘾，即使后来成了作家，也始终活跃在足球场上。值得一提的是，彼得的弟弟马尔顿曾是匈牙利国家足球队的前锋主力。

艾斯特哈兹经常在他的作品里绘声绘色地描写球赛细节，2006 年的新作《走进十六号的深处》，干脆是一本“足球小说”，描写了自己关于足球的记忆。他在新版的旧作《间接》里，特意插入一张年轻时代的球星照，并且注上：“我那个时代的模特？”想必是表达作家对逝去青春的留恋吧。

“彼得肯定有过一个豪情逸致的童年，”年过九旬的著名导演毛克·卡洛伊感叹说，“真不知道这样一个我行我素、思维敏捷、彬彬有礼的男人，是怎么在‘我们的世界里’长大的？”

1976年，艾斯特哈兹发表他的处女作——《范奇库与品塔》，刻画了一个性格矛盾，用近乎成年人的智慧观察成年人的少年，并且开始了他一意孤行，至今不弃的语言变革。少年站到椅子上喊了三个词：“范奇库，kalokagatijja，品塔！”kalokagatijja是由两个希腊词kalos（美丽）和agathon（好）合并而成，词尾两个“j”，表示孩子喊叫时的习惯性拖音。虽然这只是作者捏造的语气词，但有着奇妙的视觉性和敏感的听觉再现。显然，作者是受维特根斯坦的观点影响：词的本身没有意思，只在使用当中才拥有意义。在他后来的作品里，也经常混用多种语言，传达不同的视听信息，对当代匈牙利文学语言的变革影响很大。接着他又创作了小说集《千万别逃进教皇的水域》，其中的《下流的文本》，用三个文本讲述一个故事，《密探的故事》则反映了冷战时期东欧社会的专制与荒谬，是对主题与结构的实验性探索。

1978年，28岁的艾斯特哈兹毅然辞职，将全部精力投入文学创作，此后一发不可收。1979年发表了一部揭露制度、讽刺时弊的长篇小说——《生产小说》，描写人与人之间的尔虞我诈，将普普通通的生产会议描写成互相残杀的血腥战场。这部作品显示出作者的锐气与胆量，是他对传统文学的“反叛宣言”。

接下来，艾斯特哈兹酝酿了一项更大的工程，他花了五年时间，完成一部厚达七百多页，名为《文学导论》的系列作品，其中包括《间接》《谁为女士的安全负责？》《匈牙利色情小读物》和《心脏助动词》等几部实验小说。

《间接》的实验性表现在奇险、高难、创新的语言技巧上，这部近两百页的长篇从头到尾只有一句话，而且最后的结尾是半个括号（他用一个前括号暗示小说的开放性）。以间接引语的方式转述一群青春期少年步入成年的情感转变，时间交叉，人物交错，引语暗连。这个洋洋百页、语法精密、节奏从容的叙事长句，标志着艾斯特哈兹式语言风格的成熟。《谁为女士的安全负责？》由两个既独立又连环的中篇组成，讲述了一个发生在小酒馆里的因果荒谬、心理错综的爱情故事，通过描写男主角既想恋爱又缺乏爱的能力的尴尬痛楚，剖析了特定时代下东欧知识分子的矛盾心态。《匈牙利色情小读物》的标题虽然抢眼，但并不是读者以为的情色小说，作者打破传统的体裁界限，借助各种违反常规、大胆巧妙的叙事手段，呈现出当时匈牙利社会的精神状况，显示出艾斯特哈兹对写作自由的孤傲追求。《心脏助动词》是使艾斯特哈兹的作品传播向世界的重要一部，将母亲病中弥留与一位女性的梦幻世界交错重叠，但是作品并未停留在生死的主题，而是通过讣告的版式、文学性引文，在探讨死亡的道德意义的同时，还触及了写作的道德意义，成为至那时为止艾斯特哈兹最具思想性、技巧性和叛逆性的实验作品。许多国家的出版社翻译介绍艾斯特哈兹，都是从这本书开始的。

《文学导论》的合集出版于 1986 年，被誉为匈牙利“写作自由的黎明曙光”。

三、《赫拉巴尔之书》与《一个女人》

如果将艾斯特哈兹的文学创作按阶段分析的话，第一个创作阶段是从 1976 年发表《范奇库与品塔》到 1986 年出版《文学导论》合集；第二个阶段是从 1987 年化名发表《十七只天鹅》到 1996 年问世的《一只哈兹兔的伟大一生》；第三个阶段是从 2000 年开始出版“家族小说”至今。

《十七只天鹅》以细腻、率直的纪实性笔触，以第一人称的身份讲述了一位 22 岁年轻女郎坎坷的情感遭遇。她自小失去父母，在社会上找不到位置，激情而绝望地爱上一位沉溺于情色享受的推销员。当她发现她的情人已经订婚之后，女郎陷入了无法自拔的感情漩涡，同时阅历了不同性别的感官教育，最后是不幸婚姻与残疾使她拿起了笔，向读者讲述自己的故事。书名取自小说的 17 个章节，比如“父亲天鹅”、“母亲天鹅”、“巴西天鹅”、“童贞天鹅”、“历史天鹅”、“欲望天鹅”、“死亡天鹅”……“天鹅”不过是“章”的代名词。小说出版后引起轰动，成为 20 世纪 80 年代匈牙利文坛的一个重要事件，但由于艾斯特哈兹没使用自己的真名，而是署上了小说女主人公的名字——裘考娜伊·莉莉（Csokonai Lili），从而增加了小说的写实元素，赚了不少读者的眼泪。小说的语言，被誉为“巴洛克语言”，评论家也四处打听这个从地缝里冒出来的“文学新秀”。直到近些年再版这部小说时，作者才署上自己的真实姓名。

艾斯特哈兹之所以没用真名，是为了“与读者达成阅读协议”，让读者更无阻隔地进入女性角色；而他在刚刚出版《文学导论》合集之后，捡起现实主义的传统手法，也表明他所进行的文学尝试，是为了寻找适于表达不同主题的不同手段，并不是刻意否定传统。1996 年，匈牙利导演舒尤姆·安德拉什将《十七只天鹅》搬上了银幕，取名为《感官学校》，成为欧洲情色电影的经典之作。

1989 年秋天，艾斯特哈兹在布拉格的金虎酒馆里见到了他景仰已久的捷克作家博胡米尔·赫拉巴尔。可以这么说，自从艾斯特哈兹开始文学创作，赫拉巴尔就是未谋面的文学导师。假如没有赫拉巴尔 1964 年创作的那部长达 128 页的“独句小说”《老人们的舞蹈课》，可能也就不会有艾斯特哈兹 1981 年出版的近两百页的长句《间接》；也正是赫拉巴尔创造的新词 pábitel（巴比代尔），启发了艾斯特哈兹自创 kalokagatijja。从赫拉巴尔身上，艾斯特哈兹不仅获得了标新立异的文学灵感，更获得了独立不屈的精神力量。赫拉巴尔的作品虽然在冷战时代屡遭查禁，但未能削减他在东欧文坛的影响力，《严密监视的列车》《时光静止的小城》《我曾侍候过英国国王》等充满智慧、思想、苦涩与幽默的作品，对艾斯特哈兹影响至深，那次布拉格会面，艾斯特哈兹可以说是怀着朝圣的心情。在酒桌上，40 岁的艾斯特哈兹与 75 岁的老人喝着啤酒，倾心长谈。第二年，他便出版了一部结构独特、语言厚实、充满智慧、引人深思的长篇小说《赫拉巴尔之书》，表示自己对赫拉巴尔的真心敬意。

《赫拉巴尔之书》分三个部分——“忠诚篇”、“不忠篇”和“第三篇”，三个部分既相互关联，又相互独立。“忠诚篇”讲述上帝派遣两名天使——袅袅和勃拉日下到人间巡查。两名天使化成年轻人模样，开着带政府车牌的“拉达”轿车走街串巷，刺耳的笛音吓坏了周围的居民（这是东欧人的偏执：他们想象这是在迫害，那就真是迫害）。这时候，一位研究赫拉巴尔的作家正在拼命写作，而他怀着身孕的妻子安娜却陷入了对这位捷克作家的单相思（小说的男主角“作家”可以理解为即艾斯特哈兹本人，女主角“安娜”则是他的妻子，然而他又借妻子的身份表达了自己对赫拉巴尔的仰慕）。“不忠篇”是安娜写给赫拉巴尔的一封长信，她在信里向赫拉巴尔讲述自己的故事，揭露生活的丑陋，倾诉不安分的思想，并通过与赫拉巴尔的经历共鸣一往情深地爱上了他，甚至幻想逃往布拉格与他共同生活。“第三篇”，安娜的忧郁不仅勾起了跟踪她的天使的爱欲，也唤起了上帝的恻隐之心。喜欢创造历史、谱写史诗的上帝，察觉到了这个红尘故事的戏剧性，他不仅指挥两名下到人间的天使，试图操纵事情的发展与结局，而且想亲自为安娜做点什么，他决定为了安娜学吹萨克斯……

《赫拉巴尔之书》继承、融会并发展了卡夫卡和赫拉巴尔文学的理性精髓，有着离奇的戏剧性、深邃的思想性和中欧人特有的政治诙谐，通过上帝、天使与人类之间的微妙关系，通过一个貌似荒诞的严肃寓言，艾斯特哈兹不仅生动刻画了东欧人饱经蹂躏、伤痕累累的精神状态，同时也传递了一个个体对人类充满期待的自救信息：尽管人们都认为上帝是万能的，但是人的痛苦，却只有人与人之间才能够彼此相帮，即使上帝也无能为力。

在艾斯特哈兹的小说里，万能的上帝最终没有学会吹萨克斯，他吹出的“这个粗粝的、蹩脚的、缺少天赋的、令人难以忍受的萨克斯的声音，与其说是音乐，不如说是喘息和絮叨，等于承认了自己的失败，哽咽的哭泣、哀伤的祈愿充满了整个造化的世界，这是小说里最后一个引人共鸣的词句，这是一个耸人听闻、无可救药、平庸低劣、令人震惊、效果糟糕的安抚之声，这是无能、唯一与全部”。

乍读起来，小说的内容与书名关系不大，但是读完之后，我们才恍悟：艾斯特哈兹通过一系列虽离奇却符合逻辑的故事，完成了与赫拉巴尔的思想对话。特别值得一提的是，艾斯特哈兹特在“第三篇”里特别安排了一段上帝与赫拉巴尔的神秘对话，对话不仅使用了捷克语，而且使用的还是卡夫卡的语言！

因为，上帝与赫拉巴尔的对话，全部摘自卡夫卡写给精神恋人米伦娜的情书。作者正是通过这段奇妙的对话形式，表达了他对卡夫卡和赫拉巴尔这两位捷克人的由衷敬重。《赫拉巴尔之书》出版之后，反响极大，很快被译成多种语言，可以这么说，《赫拉巴尔之书》是艾斯特哈兹的代表作之一。

1995 年，一部既非散文又非小说的畅销书《一个女人》与读者见面了。作品共分 97 章，每章写了一个女人，既可以理解为一个男人与 97 个女人的关系，也可以理解为一个男人与一个女人的 97 种关系，作者跟读者做文字游戏的同时还做着心理游戏，让人读后既皱眉、咋舌，也摇头、捧腹。无论作为后现代文学大家的艾斯特哈兹多么大胆、多么激进，他都没有抛弃读者一意孤行。他总是巧妙地用游戏的手段一步步地诱惑，甚至可以说培养、训练他的读者，让他们不断习惯、适应、接受自己的风格，总能让读者从不适应到适应，从不理解到理解。《一个女人》就是一个绝好的例证。

最初写《一个女人》，艾斯特哈兹纯粹是出于顽皮，跟一位画家好友玩一把艺术。1993 年，插图画家班嘎·费伦茨创作了一幅以女人为题的“影子画”长卷，勾起了艾斯特哈兹的幽默灵感，于是他在画作上手书配文。与其说是文学，不如说是艺术；与其说是给读者读的，不如说是给观众看的。他抛掉了所有的文字顾忌，口无遮拦，痛快淋漓，如仙人癫语，似童言无忌，释放出一股甚至“非文字的机智、幽默、洒脱和放浪”。或许正因这种意想不到的文字快感，使他决定写一本书。两年后，一部去掉图画，扩写了的《一个女人》出版了，恐怕作家自己都没预料到，本来一桩闲来戏笔的“副产品”，竟成了他作品中流传最广、译本最多的一部。

“有一个女人。她爱我。”“有一个女人。她恨我。”“有一个女人。爱。”“有一个女人。恨。”“有一个女人。恨爱。”“有一个女人。爱恨。”“有一个女人爱我。”“有一个女人恨我。”……97 章的每章开头，都反复重复这样音乐般的主题变奏。作者凭他的男性体察，演绎出 97 种男女关系（准确地说是 96 种，因为其中包括一个像女人一样爱他的男人）。作品结构松而不散，主题简而不单，描述坦率而不失控，用词粗粝而不流俗，虽没有大悲大喜，但透过别的作家不屑落笔的寻常琐事，让人发出会心的微笑。在语言、句式和叙述手段上，艾斯特哈兹下了相当的功夫，经常串用拉丁语、德语、法语、英语和各种谚语、俚语、文学典故和民间传说，增加作品的阅读难度和趣味（遗憾的是，再好的译本也难以百分之百地传达原文的阅读快感，在翻译中衰减的那一部分，需要读者动用各自的想象力和幽默感）；另外，作者还巧妙采用长短句交叠和诗的韵脚，将“不雅的细节”也处理得机巧幽默，有缓急，有顿挫，有排比，读起来朗朗上口，并无粗鄙之感。后来，《一个女人》不仅被排成话剧，编成广播剧，艾斯特哈兹还亲自朗读，录成 CD，畅销至今。这是一部“大师的小品”，是欧洲情爱小说的当代经典。著名作家纳达什·彼得对这本小书评价极高，他认为："是艾斯特哈兹的《一个女人》，使匈牙利文学进入了成年期。"

另外，《一个女人》在艾斯特哈兹作品中地位特殊，还有一个重要原因：从小说结构的探索上说，为日后创作的鸿篇巨著《和谐的天堂》提供了一个文本模式。在《和谐的天堂》里，作家沿用了《一个女人》的叙述结构，以一个儿子的身份，叙述了家族历史中的多种父子关系，书中无数次出现的"父亲"，不仅有他的生父马伽什伯爵，还有家族里数百年来的数代祖先，他们参与历史，演绎历史，影响历史，推动历史，也被残酷的历史绞杀，毁灭。小说里，他甚至沿用了《一个女人》的叙述方式，"我的父亲"在段落的开头反复出现，如歌如咏，就像《一个女人》中的贯穿始终的"有一个女人"……

四、在和谐的天堂里

"时间在他们身上累积，祖父们的时间，祖父的祖父们的时间，历史的时间，国家的时间……"艾斯特哈兹在《赫拉巴尔之书》中这样写道。

千禧年，是艾斯特哈兹文学生涯中的重要年份，以家族为主题的鸿篇巨作《和谐的天堂》的问世，标志着他第三个创作阶段的开始，使他一跃成为欧洲最引人注目的作家。小说中，作家通过多条线索在历史的尘烟中寻找，回忆，接近，了解自己的父亲——家族中的男性。用作家自己的话说，这不仅是一部“家族小说”，更是一部“父子小说”。

艾斯特哈兹将个体的命运放到家族、国家的宏大历史背景下层层剥解，放大观察，深情地回忆，追寻，辨认，拥抱，赞颂，还原自己的祖先：

“我有过一位相距遥远、神秘莫测的父亲——我们姑且就叫他父亲吧——，在他摇篮的周围，过去世纪的最后一抹月光和第一道曙光交相辉映；长庚星，也是启明星，我们的姓氏就源于这里。”

“我的父亲，是位黑衣骑士，披着黑色铠甲，站在地狱城堡门口。城堡的墙是黑色的，高大的碉堡猩红如血。门前喷射着白炽的火焰，熊熊的火柱直冲云天。他（我的父亲）穿过火焰，穿过城堡的庭院，爬上楼梯，一个个厅堂依次呈现在他的眼前……他突然意识到：在每个门口，从楼顶到地窖，到处都在施加人类闻所未闻的酷刑。‘我走进了痛苦的秘密城池，’我父亲说，‘但第一个场面就已让我无法忍受。’”

“我的父亲骑着一匹具有魔法的真正神驹，它的名字就叫‘萨满’。那是一匹漆黑如炭的黑骏马，只在左侧的后腿上有一块白色印记。它只吃糖和小麦，不吃别的东西。它是名副其实的‘萨满’：不仅听得懂我父亲的话，而且还能为他出谋划策！有一次，它向我父亲建议反钉蹄铁，这样一来，敌人永远无法跟踪他：根据蹄铁显示的方向朝反方向追击。（后来，当所有的战马都反钉蹄铁，我父亲又按传统习惯正钉蹄铁，迷惑敌军，躲避追兵。）一旦遇到险境，它会高声嘶鸣地刨蹄子，我父亲刚刚跳上马背，它就疾奔如飞，不仅四蹄腾空，而且驮着我父亲飞驰在云间。当敌军临近，它会用刨地的蹄声，告诉我父亲总共来了多少万的敌兵。有一次战役，我父亲战败，遭到追杀，'萨满'将他带到一个隐蔽的地方，自己则躺在死马中间，将自己的头塞到旁边一匹死马的脑袋底下。追兵像瞎子一样从他们跟前跑过。"作者心目中的父亲，是柔肠义骨、智勇双全的高贵骑士。

"我父亲做了化疗之后，也跟其他人在类似情况下一样掉光了头发。虽然并没有全掉，但也跟全掉差不多了。他这样，这样地梳头（先向后，再向下），看上去是这样，这样地服帖（颜色是染的）。他的头发这辈子从来，从来就没有这样美好、平静过。美好，平静，高贵，温柔。"

艾斯特哈兹不仅重温了父亲谦逊、勤勉、正直的美好品行，也嘲笑了剥夺他命运的邪恶历史。因此，评论家鲍比茨·阿提拉说："《和谐的天堂》是一部和谐之书、理解之书、和平之书。在事物之间、世界之间、语句之间，在真实与虚假、历史与故事、小说与书之间，在两个（或多个）人之间，在父亲与父亲之间，在儿子与儿子之间，在父亲与儿子之间，缔造出和谐友好的关系。这部书是圣灵。你重新读一遍第二部分，你会知道，什么是父亲的责任。或者说，什么是儿子的责任。一个这样的男人：

含辛茹苦，排忧解难，辛苦持家，分享忧乐，能够从容应对世上的一切……《和谐的天堂》所承担的任务并不轻松。”

在这本书里，“和谐”的意味是：作者与父亲们之间精神、情感的跨时空拥抱。想来，世界上每个人在各自生命的最后一刻都是耶稣，都会被钉上十字架……牺牲的悲剧，是人世的本质。作者在这本七百多页的书里画出人类最真挚、最复杂、最浓厚、最永恒的父子情。

在《和谐的天堂》里，艾斯特哈兹不仅写了“我的父亲”，还写了“我的母亲”，写了家族中形形色色的女性：“我的母亲十分崇拜从伦敦回来的老年海顿，不仅送给他一辆轿厢描金、由六匹身披丝绒马具的骏马驾辕的华丽马车，而且给他提高了薪金……现在，他已是享有盛誉、世界知名的音乐大师，有一次，我父亲对乐队的排练指手画脚，海顿对他说，对不起，阁下，这里只有我有指挥权！听了这话，我父亲一声不吭地离开了，不再强加自己的看法。有生以来第一次怀着一颗伟大心脏被另一颗伟大心脏的强烈吸引将我父亲的生殖器含进了嘴里，她尊崇、敬畏地阵阵作呕，脸上泛出喜悦的辉晕，她对我父亲感到发自内心深处的、充满激情的爱，好像她从来没有这样爱过。”

“我的母亲总是不停地数我们的人头，我父亲的大儿子和我的兄弟姐妹们，就像数鹅一样，看看是不是每只都在……一、二、三、四，数到‘五’时，她指着我们的父亲，但从来不大声地说出来，一、二、三、四，停顿。哦，亲爱的暂停……！”

“我的母亲在跟他，跟我父亲的生活和婚姻里。死亡，不公正的死亡，总是在意想不到的时候——当他跟我母亲一起达到生活最辉煌的顶峰，当美丽与幸福将他们包绕——降临到我父亲的身上。怀着激烈而黑暗的忧伤，我母亲在守灵的夜晚钻到寿被之下，躺到我父亲身边，就这样，他们最后一次在一起共眠。在我父亲永远地离去之后，我母亲从来未能摆脱掉疼痛，她与痛苦共生，或许，直到她（我的母亲）去世。”

所以，《和谐的天堂》还是一部感人的夫妻书。

五、寻找一个熟悉的陌生人

1999 年秋季，匈牙利政府解冻了一部分冷战时期国安局情报员的绝密档案。在上世纪 50 和 60 年代，秘密警察组织在各行各业招募了数以千计的“耳目”，由于他们的告密，许多人被送进监牢，家破人亡。出于好奇，艾斯特哈兹委托一位在历史档案馆工作的朋友 K 帮他查找一下，看看有没有关于自己的黑材料，用他的话说：“即使不为澄清过去，也出于市民的民主责任，表示对过去的关注。”

2000 年 1 月中旬，艾斯特哈兹终于写完了《和谐的天堂》。28 日，他根据朋友 K 的安排，到档案馆翻阅找到的资料。接待他的 M，神色显得有些拘谨、惶恐，寒暄了几句之后，抱来三个厚厚的档案夹。“这是一个情报员的档案，一个情报员……” M

莫名其妙地叹了口气，仿佛体验到情报员的心痛，随后补充了一句，“里面装的都是举报材料。”

翻开档案，艾斯特哈兹立即明白了眼前的东西意味着什么！“我看到的东西令我难以置信。我迅速合上平放在桌上，因为我的手开始发抖。现在我该怎么办？好像是在做梦。我马上就要晕倒，只有晕厥可以解决一切。或者从禁闭的窗户跳出，逃之夭夭。”卷宗里，他看到遭当事人举报的熟悉名字，其中有许多人是艾斯特哈兹家族，包括他的亲叔叔。“索引总计 150 条，375 页，结束日期为 1965 年 8 月 9 日……”写这些告密信的是一个1957年3月被内务部招募，代号“查纳迪”（Csanádi）的秘密情报员。

“看完这个卷宗我感到面红耳赤，头晕目眩。我第一次知道身体竟会产生这种生理反应。”原来，这个“查纳迪”不是别人，正是在他心目中人格完美的父亲——马加什伯爵！他怎么也没有想到，自己在前一部书里刻画的那位正直善良、高贵自尊的熟悉的父亲，竟是一个曾向迫害自己家族的政府告发亲人的陌生人！他突然明白了，一家人之所以能在 1956 年夏天从霍尔特村迁回布达佩斯，是父亲与魔鬼讨价还价的结果。

震惊之后，艾斯特哈兹打电话给出版社，要求终止《和谐的天堂》的出版，他说自己在这部书里刻画的父亲是虚假的，但是当时该书已经付印，只待发行。于是，他心情沉重地坐回到桌前，逐页翻看了那三卷父亲亲笔写下的举报书（告密信），一边翻阅，一边在纸上记下内心的波澜，又做了一次时间的逆行。从 1 月 30 日到 6 月 12 日，他又写了一部《修订版》，副题是“《和谐的天堂》的附录”。与其他的书不同，他在写《修订版》的过程中严格保密，只有他的妻子知道这事，完稿之后，他先给亲戚、朋友们打了一圈电话，之后给播种出版社社长莫尔查尼·盖佐先生发了一封邮件……尽管有许多亲友强烈反对，但都无法让他放弃文学的自由意志。

《修订版》于 2002 年出版，出版方强调说，这部书不是虚构小说，是纪实作品。艾斯特哈兹在书里抄录了大量真实史料，怀着莫大的痛楚和作家的良心诚实披露了这个令人毛骨悚然的事实：“看到他的手迹，我那么喜爱的笔迹，感到针扎似的刺痛。这是我曾经（而且依旧）为之骄傲的笔迹。关于字体的主人，我有许多话要说……”

从崇敬父亲，到揭露父亲，这需要作家的莫大勇气。但是我想，艾斯特哈兹对父亲丑的揭露，并不为抹杀他善的一面，而是客观地、人性地通过一个人的内心扭曲，控诉历史的罪恶。他在第一部书里看到的父亲的从容和自尊，是以第二部书里披露的卑躬苟活为代价的，记录了暴力专制的恐怖残忍。

革命夺走了家族的一切，马伽什只能靠写作、翻译养活家人。在小彼得的记忆里，父亲经常“缺席”，有时被人带走，有时突然回来，在家的时候，父亲经常愁眉苦脸，甚至酗酒。大概在他 7 岁那年，“家里情况突然恢复到了过去”……曾因政治罪坐过多年牢房的前总统贡茨·阿尔帕德说，他非常理解艾斯特哈兹父亲当时的处境，因为秘密警察也曾多次胁迫过他，“想来，没有哪个人会自愿充当告密者”。作家纳道什·彼得则称，艾斯特哈兹能写出这本书，简直就是英雄之举。

随后，是沉寂了四年。2006 年他先后发表了剧本《鲁本斯和非欧几里得的妇人们》和长篇小说《走进十六号的深处》；2008 年，他又推出一部分量不轻的家族小说——《虚无的艺术》。如果说《和谐的天堂》和《修订版》是一部“父子小说”的话，那么《虚无的艺术》则是一部“母子小说”，是一部关于母亲复活的书。用作者的话说，这位复活的母亲“不仅懂得足球赛的越位规则，而且还可以通过她的语言确定与世界之间的关系，那是一种足球的语言。男孩也恰恰因此而存在，所有的一切和所有其他的人也仅仅由于这种母亲的足球语言而相对存在”。最后是《夜》(2010 年),《简单的故事逗号一百页——挥剑版》(2013 年)、《简单的故事逗号一百页——马克版》)(2014 年),《犯罪》(2015 年)，最后一本书是《胰腺日记》(2016)。

六、一位内心平衡的匈牙利绅士

艾斯特哈兹是位风格多变、文字求新、知识渊博、思想深刻、有良心和使命感的作家，他善于在历史中和日常生活中，站在与同时代人保持相对距离的时空开放的灵魂地平线上洞察人性的矛盾与荒谬。无论写什么主题，都带着强烈、犀利、从不妥协的个体观点，在标新立异的同时，尊重并吸取前人的思想精髓，主张根据主题确定语言风格、作品结构以及作者、作品与读者之间的三位一体关系。

“对我来说，其实很愿意回到19世纪小说的写作技巧，因为我很喜欢。作为读者，我很爱读巴尔扎克、司汤达和冯塔纳的作品，我很愿意能像他们那样写作……只是，这不可能。历史的小说化，遇到的同样是这个问题。”艾斯特哈兹解释说，因为他生活的荒谬时代，他写作的专制环境，他生活的家族背景和他强烈的个体介入的表达欲望，都使他不得不另辟蹊径，寻找自己的表述手段和文体。从艾斯特哈兹的作品里，我们可以看到一股永不疲倦的精神内力。除了写小说之外，他还写了《来自象牙塔》《一只蓝丝袜的记录》《自由的沉重幻想》等多部散文和杂文集，经常大量引用其他作家的文字，在自己经营的特定文字环境下，加以利用和扩展；他经常打破语种边界，让读者的大脑进行整合；他还涉足过话剧、歌剧、电影和广播剧，是匈牙利数码文学院的创始人；他拥有毕加索一样丰富的想象力和求变欲望，但在变化中求平衡，在矛盾中求和谐，在破坏中求建设。“我是一位内心平衡的匈牙利绅士。”在一次访谈中，艾斯特哈兹这样说。

最初听说艾斯特哈兹毕业于数学本科时，确实感到有些意外，但在我系统读过他的作品之后，这种意外变成了恍悟，的确，他在作品里总像解方程一样，在无数对立的矛盾中做着精细而危险的平衡：纪实与虚构（如《和谐的天堂》），男人与女人（如《一个女人》），群体与个体（如《间接》），权利与放弃（如《运输者》），祭献与凡俗（如《心脏助动词》），过去与现在（如《十七只天鹅》），理智与情感（如《修订版》），荒谬与严肃（如《赫拉巴尔之书》），以及冷峻的写作技巧与形而上学的敏感。在诸多矛盾之间，他建立了一个个让人绝处逢生的脆弱平衡。在艾斯特哈兹的文字里，总是带着冷眼看世界的平和与幽默，只在两本书里表现出内心的巨大痛楚——一本是关于母亲之死的《心脏助动词》，一本是关于父亲秘密的《修订版》——即使在写自己死亡的《胰腺日记》里，也充满了幽默、智慧和平和的爱。

在创作中，艾斯特哈兹运用一种独特奇险的文学逻辑，在尊重语言、传统和习惯规则的同时，进行大胆、机巧的拆解，直到有一刻无可挽回，彻底推翻；推翻的同时，建立起新的规则。对我来说，翻译艾斯特哈兹·彼得的作品，是对自己的母语功底、综合学养、理解力和耐性的巨大挑战。从某种角度讲，与其说是翻译，不如说是用中文建立一种全新的、与匈语原文相对应的文学语言，引领中国读者进到一座后现代主义的王国探险。毫不夸张地说，艾斯特哈兹的作品是个独立王国，给他任何的荣耀都不过分。

我统计了一下，艾斯特哈兹自从 1976 年发表处女作后，先后获得了大大小小 57 项文学奖，其中包括莫里茨·日格蒙德奖（1977）、弗斯特·米兰奖（1983）、尤若夫·阿蒂拉奖（1986）、克鲁迪·久拉奖（1990）、索罗斯基金会文学成就奖（1992）、新闻自由奖（1994）、匈牙利文学奖（2001）、马洛伊·山多尔奖（2001），仅法国政府颁发的“艺术与文学勋章”，他就先后获得过三次（1992、1994、2003），级别从骑士到军官到指挥官；1997 年，他被授予匈牙利共和国的最高荣誉——科舒特奖章；2004 年，他在法兰克福书展上荣获了德国书业和平奖；从 2002 年开始，他多次获得诺贝尔文学奖提名……他继承了从卡夫卡、纳博科夫到赫拉巴尔的文学传统，是具有东欧文化历史背景与特色的现代文学大师；无论是对文学语言与形式的创新，还是对个体与群体、个体与历史的剖析，都让他跻身于当代名家之列。他不仅是匈牙利文学与艺术学院院士，同时还是德国语言与诗歌学院，柏林艺术学院和法国欧洲科学、艺术与文学学院院士。他总共写了近四十本书，已被翻译成二十多种文字，有上百部译本，并有六部根据他作品改编的电影。他不仅使艾斯特哈兹家族在文学上不朽，还使无数被历史尘埋的个体复活过来，撕破历史虚假的面具。

七、抵达智慧的时候，是生命的终结

匈牙利当地时间 2016 年 7 月 14 日下午，艾斯特哈兹·彼得在布达佩斯去世。

听到这个噩耗时，我心肌抽搐，大脑缺氧，那一刻，我并不怀疑这个噩耗的真实性。因为我知道胰腺癌是癌症中的癌症，五年存活率不到 1%，更何况去年彼得发现他的病情时，可怕的癌细胞已转移到了肝脏，手术为时已晚；我知道在一个月前布达佩斯图书周的开幕式上，他是从医院请了两小时假赶到沃洛什马尔蒂广场发表致辞的。“终于，我可以讲一段不以‘胰腺癌’这个词开头的话了……”这是他的开场白。当时，他和萨克斯乐手狄什·拉斯洛一起站在石狮喷泉的高台上，彼得说一句，拉斯洛吹一段。他消瘦了许多，嗓音虚弱，嘶哑，但依旧幽默，平和，萨克斯乐声如泣如歌。

我还知道，死神登门，从不会按门铃。但是即便如此，我还是不肯相信这噩耗是真的，因为他还过于年轻，66 岁的作家，在我看来才入壮年，即使他在写直面死亡的《胰腺日记》时，身上也不带死亡的气息；我不肯相信，还有一个特殊的缘由：新年时我曾向他保证，我会在春天翻译完《和谐的天堂》，他也答应了我，五月前会再为中文版写一篇“作者序”。在我看来，这是一种承诺——君子间的承诺：我答应的事，肯定努力去做，他答应了的事，也用不着我再催。我在潜意识里天真地相信，只要我们的承诺尚未兑现，我们担心的事情就不可能发生。

也许，在潜意识里我不想过早兑现这个承诺，所以我病了一场，把计划从春天推迟到了夏天；五月份过去，我也没有问他是否动笔。只要承诺在，日子就显得简单如旧，感觉可以永远地这样继续下去。

六年前的初春，《赫拉巴尔之书》的译文终于脱稿，这本书几乎动用了我所有的知识储备，文学、历史、哲学、音乐、美术、物理、数学、天文、地理和宗教知识，还有需要用高智商来启动的幽默感。说老实话，即使我翻译完也不敢保证自己完全读懂了，直到他通过邮件耐心回答了我列给他的几十个问题。根据他清楚的解答，我修改完译稿，感觉像坐了一次“过山车”，或玩“魂斗罗”晋到了最高级。这是一部太需要智力、耐心、领悟力、幽默感的小说，对阅读者的知识储备要求也很高。我萌生出一个想法，想请彼得给中国读者写几句话。

在一次读书会上，我试探性地问了他的妻子吉塔，能否请作者为中国读者写一篇序？吉塔有些为难，让我直接去问她的丈夫，因为彼得极少给译本写序。

艾斯特哈兹是一位多产作家，写起书来洋洋洒洒，痛快淋漓，几乎一年推出一部新作，上知天文，下通地理，对中东欧的历史更是如数家珍，文体总是标新立异，语言游戏更是花样翻新。他的书总是很难读，能在智力和知识上跟他平等对话的读者少而又少，但是即便如此，他对注释自己的作品还是惜墨如金，不觉得自己有义务帮助读者阅读。从某种角度讲，他属于“不考虑读者”的那类作家，换句话讲，他认为写作是作家自己的事，阅读则是读者的事。他只管写书，至于谁读谁不读，谁能读懂谁读不懂，能读懂10% 还是 90%，都不在他的考虑范畴之内。他的任务是把想写的东西写出来，用自己的方式，写独有的素材，他把所有的脑子都动在内容、修辞和结构上，尤其对于像他这样绝不步人后尘，对重复高度敏感的作家而言，花在形式上的脑子并不小于花在内容上的，每部作品都像一部科学研发的精密仪器，并有着标新立异的造型设计。对他而言，他的写作与读者的阅读是分别发生的两回事，作者与读者并无直接的联系，产生联系的是从印厂出来的书。用他的话说："如果让我考虑读者，那我的书就不要写了！"我想，我能够理解他这话的意思，如果让他写书的时候考虑读者，那么必定会陷入巨大的纠结：他该考虑匈牙利读者，还是印度读者？该考虑年轻人，还是老年人？该考虑科学家，还是历史学者？要知道，他作品内容的知识面实在涉及得太广太广，世界上能有几个像他这样博学的人？

翻译完了他的书，我理解也赞同了他的做法，的确，正因为他在写作时"不考虑读者"，他才能将自己创作时的智慧、激情、沉思都不打折扣地记录下来，并能让痛感与快感纤毫毕见。他不考虑读者，我代他考虑，仅两百多页的《赫拉巴尔之书》，我就写了上百条脚注，并且，我希望他能对中国读者说几句话，拉近双方注定难以拉得很近的距离。

出乎我的意料，他不仅痛痛快快地答应了，而且在他承诺的五月初，将一页半诙谐的 WORD 文件发给了我；我一边翻译一边会心地发笑。“亲爱的中国读者：我想，我说‘我们彼此陌生’并不夸张，我不认识你，你不认识我（当然，如果你读过《一个女人》，也许对我有一点了解）。陌生意味着充满希望。”看得出来，中国对他来讲也传说般地遥远和陌生，他确实不知道该说些什么，所以小心翼翼地迂回靠近。

“关于我自己，我能告诉你的是，我并不是一个很有趣的人，我既没有猎杀过大象，也没有当过密探，更没有做过约翰·肯尼迪的情人（这句话我像是从哪里引用的，只是我忘记了原话的出处。所以亲爱的读者，假如你在我的书里找到某句让你格外喜欢，听起来显得很美很智慧很深邃的话，那么最简单的办法是，你把它看作我是从某人嘴里引用的箴言，比方说，从托马斯·曼那儿，或从《论语》里。）”在这一页半的文字里，有一半是既礼貌又聪明的亲热调侃，语气上甚至有些“讨好”之嫌。

事后，有一次我们在一起聊天，他一本正经地跟我说了一句实话。他说，虽然他的书已被翻成许多种语言，但是把欧洲的所有语言加到一起，也抵不上翻译成中文这么令他兴奋，因为对他来说，翻译成西班牙语还是葡萄牙语，感觉上并没有多大区别，但是中国则是另一个世界。我把他的书翻译成中文，就像送他上了一次月球。他说这话时，我联想到他写的那篇序，我明白了他文中的谨慎和谦恭并不是装的，对于中国读者，他的确怀有“讨好”之意。

自从得知他患有不治之症，我尽可能地加快了翻译速度，希望能让他尽快看到这部书的中文版，并且，在我不久前出版的我自己写的长篇小说《纸鱼缸》里，将他和他父亲的一段故事作为原型写进了书中的角色里。我承认，在文学上，我把艾斯特哈兹视为自己效仿的榜样之一，因此，从某种角度讲，艾斯特哈兹的死，我也把它视为自己的死亡。

“我们过分严肃地看待不严肃的事。”这是艾斯特哈兹在2000年写的一篇文章里说过的话。我想，我们现在做了一件与之相反的事，过分不严肃地看到了严肃。我们过分相信承诺的力量，忽视了死神追赶的速度。不过，也正是由于这个承诺还没有兑现，此时此刻，我有理由不相信这是绝对的事实，即便已经被死神超过。

人死了，承诺还在，应验了他说过的另一句话：“我们这样死去，就像我们活着。——当我们抵达智慧的时候，是生命的终结。”

“在一定的层次之上，我们不会沉陷到一定的层次之下。”这是匈牙利媒体引用他最多的一句话。感谢艾斯特哈兹，带着我们一起抵达了智慧，并帮助我们，不沉陷到一定的层次之下。

余泽民

2016年11月22日

于布达佩斯

文
景

Horizon

社科新知 文艺新潮

赫拉巴尔之书

[匈牙利]艾斯特哈兹·彼得 著 余泽民 译

出品人：姚映然
责任编辑：林 莉
装帧设计：周安迪

出 品：北京世纪文景文化传播有限责任公司
(北京朝阳区东土城路8号林达大厦A座4A 100013)
出版发行：上海世纪出版股份有限公司
印 刷：山东鸿君杰文化发展有限公司
制 版：北京大观世纪文化传媒有限公司

开本：787mm×1092mm 1/32
印张：8.25 字数：138,000
2017年8月第1版 2017年8月第1次印刷
定价：45.00元
ISBN：978-7-208-14518-4/I·1626

图书在版编目（CIP）数据

赫拉巴尔之书/（匈）艾斯特哈兹·彼得著；余泽民译. —上海：上海人民出版社，2017
ISBN 978-7-208-14518-4

Ⅰ.①赫… Ⅱ.①艾…②余… Ⅲ.①长篇小说-匈牙利-现代 Ⅳ.①I515.45

中国版本图书馆CIP数据核字（2017）第115281号

本书如有印装错误，请致电本社更换 010-52187586

Hrabal könyve by Péter Esterházy

Revised edition

Originally published at Magvető, Budapest